活在鱼缸里的她

Rainsongs

[英国] 苏·哈伯德 著

陈新宇 译

Sue Hubbard

译林出版社

图书在版编目（CIP）数据

活在鱼缸里的她 /（英）苏·哈伯德（Sue Hubbard）著；陈新宇译. — 南京：译林出版社，2020.11

书名原文：Rainsongs

ISBN 978-7-5447-8186-2

I.①活… II.①苏… ②陈… III.①长篇小说 - 英国 - 现代 IV.①I561.45

中国版本图书馆 CIP 数据核字（2020）第046743号

著作权合同登记号 图字：10-2018-178号

活在鱼缸里的她 ［英国］苏·哈伯德 / 著 陈新宇 / 译

责任编辑 赵 奕
封面插画 Shelia Liu
装帧设计 compus·汐和
校 对 孙玉兰 戴小娥
责任印制 董 虎

原文出版 Duckworth Overlook, 2018
出版发行 译林出版社
地 址 南京市湖南路 1 号 A 楼
邮 箱 yilin@yilin.com
网 址 www.yilin.com
市场热线 025-86633278
排 版 南京展望文化发展有限公司
印 刷 苏州市越洋印刷有限公司
开 本 890 毫米 ×1240 毫米 1/32
印 张 8.625
插 页 2
版 次 2020 年 11 月第 1 版
印 次 2020 年 11 月第 1 次印刷
书 号 ISBN 978-7-5447-8186-2
定 价 58.00 元

译林版图书若有印装错误可向出版社调换。质量热线：025-83658316

献给我的父母

“好，要是明儿天晴，准让你去。”拉姆齐夫人说。“可是你得很早起床。”她补充道。

——弗吉尼亚·伍尔夫《到灯塔去》

“对于无能为力之事，悲伤亦是徒劳。”

——莎士比亚《冬天的故事》

微物永恒，人生短暂。

——爱尔兰谚语

目录

公元520年　凯里

十二个人将长桨轻轻插在波浪里。小圆舟鼓起风帆。桨架光滑圆溜。砍伐下十棵年轻的桤树，取其木材，八张牛皮在灰水中浸泡多日，用刀刮去黄色油脂，再涂上羊油，以圆石抛光。湿木头抵着皮革咯吱直响。时值收获节，大地上万物成熟，气候宜人。尽管此时出发，海上天气还是变了。浪头有一个人那么高，他们身上的羊毛教袍湿透了，双手被盐磨出了水泡。船尾，牧师在祈祷，放过这条船，饶恕这些人吧。狭长的小船在风浪中穿行，他们一路歌唱。

一连多月，他们用鹅毛笔蘸上赭红、铜绿、雌黄和蜜味菘蓝将福音书抄写在牛皮、羊皮纸上。这些文字是他们今后赖以生存的经文。他们离开陆地时，大家都挤到小教堂里为他们祈祷。弥撒过后，兄弟们往他们的灯芯草篮里塞满苏打面包和新做的黄油，还有刚从蜂巢里取出的蜂蜜，往他们的干麻袋里放进包好的蜂蜡蜡烛和小块泥炭，给用木焦油封口的大陶罐里装满新酿的麦芽酒，往山羊皮水袋里灌满清甜的水。

大海是他们的沙漠。没人知道旅程的终点是死亡抑或拯救。死亡与拯救他们都无法掌控。前方除了寒冷刺骨的海洋，什么也没有，若他们蒙福，或许能见到心中的神。现在他们必须经历上帝曾经历的事。愿仁慈的主保佑他们平安。就要到了。就要到了……

主啊，引领我们。[1]

1 原文系拉丁语。

2007年12月29日，星期六

1

布兰登死了，她说。在空荡荡的车里，声音显得格外大。与他那躺在医院花病服里没有生命迹象的躯体不同，布兰登的脸在黑胡楂的映衬下只略显苍白，然而言语让死亡成为事实。对不起，我们尽力了。午夜刚过，年轻医生疲惫地说，可是她不愿相信。她来这里，就是要让自己接受这一事实。这儿一直是他的地盘。当然，她曾跟他来过这里，但待的时间并不长。那年夏天之后再也没踏足此地。她不知道这次回来是为了再次拥有他还是彻底忘却他。方向盘握得越来越紧，雨刷就像发了疯的啄木鸟，咔嗒咔嗒地来回刮着挡风玻璃。车外天色墨黑。在山顶交叉路口处，她停下车查看地图，可是眼前的路和地图上的那些路并不吻合，也没有路牌，只有当地人才知道位置。雨越来越大，除了四个小小方块灯光闪烁着穿过峡谷外，前方什么也没有。难道以前不是将自杀者埋在十字路口，以十字架形状保护活着的人免受自杀者不安灵魂的侵扰吗？鉴于在天主教教会的眼里，自杀是不可饶恕的重罪，她想，这儿也曾是那样吗？

远处有狗吠声。

她一直在兜圈子，发现自己已两次朝凯尔西温镇方向往回走。矮矮的平房蹲着，沿路串成一线。圣诞节彩灯下大雨如织，平房隐约可见。圣诞老人坐着雪橇俯冲过屋顶。门廊上方有颗蓝色星星在闪耀。彩灯装在俗气的海边小镇码头尽头比装在爱尔兰边远村庄更合适。往回几英里时，她堵在一列车队后头，她简直不明白为什么在这么潮湿的冬日傍晚，在一个不知名的小地方竟会塞车。接着，她看到很多人从酒吧里出来：头戴粗呢鸭舌帽的老头，拇指和食指间捏着的烟头冒着点点火星；穿着上好黑大衣、戴着金耳环的女人们；往下拽着短裙抵抗乱风的姑娘们。叔叔婶婶们、姊妹们、表侄们，人们在伞下挤作一团，口中呼出的热气在冰冷潮湿的空气中慢慢消散。守灵结束后，他们聊会儿天，爬进旧货车、宝马及各种四驱车里，驾车离去。路旁有深沟，路边围着带刺铁丝网，人们沿着这些小路开下去，回家。

雨刮器还在咔嗒咔嗒刮去雨珠，弄得沾有泥印的挡风玻璃模糊不清。突然，不知什么东西冲到车灯前，她踩下刹车，只见一只浑身雪白的小雪貂停在路中央，后腿直立，喷着鼻息，红眼睛亮晶晶的，嘴里还叼着只老鼠。她用连帽套头厚夹克的袖子擦了擦模糊的挡风玻璃，摇下车窗。一股冷空气，夹着浓浓的肥料臭味迎面扑来。如果侧耳细听，还能听到海浪声，可是现在只有雨点敲打着车顶的声音。她别无选择，只能继续开，但愿她还记得路。这儿没人可以问路。人们要么在酒吧里，要么在自家崭新的平房里看电视，一对水泥狮子镇守着平房的大门。

她来这儿干什么？有太多东西需要整理。布兰登以前来这儿写作。他不住这儿时，便将小木屋出租给朋友们，给那些需要宁静、不想受打扰的艺术家或学者。面对伦敦几个不解的朋友，她只说来凯里是为了整理他的遗物。真是这样吗？好吧，其实她也不确定。也许她回来，只是想弄懂过去三十多年来她无法应对的事情，那些短暂的快乐与沉重的悲伤构成了他们的生活。现在，她来了，五十多岁的女人，在一年将尽之时，独自开车驶过大雨冲刷下的爱尔兰小路，因为她别无他事可做，别无他处可去，还因为，像这片土地上的所有人一样，她总得有个去处。

她摇下车窗，打开暖气，再次出发，开进大雨中的狭长小路。车载收音机的调频电台里正在播放一首钢琴协奏曲，她调大音量，音乐声萦绕在整个车内。她仿佛裹在一只茧内，不知怎么，与外面潮湿的风景既隔绝开来，又融为一体。她很想就这么一路开下去，随这条路将她带往何处，像个四处游荡的流浪汉[1]般将洗好的衣物搭在山楂树丛上。她心中有个声音一再对她说，不用选择目的地，无须一定到达，不必做出决定。又开了三四英里之后，在一个绿色电话亭处，她往左一个急转弯。一片干石墙在光秃秃的小山坡上纵横交错，骷髅头似的月亮悬挂在海岬上空。两匹毛发蓬松的小马一前一后首尾相接地站在黑刺李树篱旁。车在路尽头停住，她爬

1 流浪汉（tinker），是对爱尔兰少数族群——流浪族群（Irish Travellers）的蔑称。

下车，打开大门。忘了带手电，不过月亮那么亮，完全可以找到门。雨停了，天空清朗。陡峭的悬崖下，海浪拍打着岩石，天空中繁星点点。她只认出了北斗七星，也许布兰登认识所有星座。她想起那次去天文馆，坐在他和布鲁诺中间，座位前后摇晃倾斜，她好似在星空中穿行。

除了风声和涛声，天地间一片静谧。海水黝黑如墨汁，漆黑的大海上白色的浪头滚入远方，像底片上的道道白光。这是世界尽头，在她和美洲之间除了这片冰冷的海洋，再无其他。她想起她和布兰登在罗马时看到的梵蒂冈中世纪地图。那时已知世界是那么小，羊皮纸的每个角落里都潜伏着一个魔鬼，提醒人们注意难以想象的危险。

她戴上套头衫上的帽子，站在风中听那碎浪声。罗马。那算是和解吧。当时，布兰登的书刚刚出版。他在书中对圣艾夫斯派[1]予以重新评价，肯定了它对现代派的重要影响，包括尼科尔森、赫普沃斯、加博，以及下一代画家，诸如帕特里克·赫伦、罗杰·希尔顿和彼得·兰宁。布兰登认为，这批艺术家以其顽强的英式风格，对于抽象表现主义的发展所起的重要作用，与那些在美国仓库阁楼里作画的画家并无二致，他们恰如杰克逊·波洛克和威廉·德·库宁一样激进。这本书耗时五年，其间还在海沃德画廊举办了一次画展。那时候，相比根植于风景地点的画作，世人对机灵取巧的影像更抱有好感，在那种氛围下，这是一次大胆的展出。还好画展好评

1　指19世纪至20世纪中期，在英国西南部康沃尔郡圣艾夫斯小镇上的一批艺术家，20世纪英国现代艺术的重要代表。

如潮，令他为之振奋，他因此有了目标，令她嫉妒的目标。他时不时来这儿工作几周，他非常看重这儿的隐秘安静。书出版后，布兰登获邀在泰特美术馆和伦敦当代艺术中心演讲，参加一些奇怪的电台节目。在他们生活被彻底打乱脱轨之前，他早已不满足于仅仅经营画廊。他喜欢做研究、喜欢张罗贷款、喜欢追寻那些难以找到的画作，像艺术侦探波洛一样从众多庸品中嗅出杰作。工作成了他的避难所。他像个兴奋的境外游客，在异国他乡的大路小路上穿行，创造出另一个替代的现实，却将她遗弃在边境上，凭她的初中授课大纲和批改作业，她无法逃避、无法自救。有时，她无比愤怒。当他在他们位于米德尔顿广场的家中顶楼书房里，坐拥书城忘情工作时，她很想闯进去，问问他有什么权利，埋首于艺术、埋首于这些东西之中，忘却过去，继续生活。如果她打算就此困守废墟，那么他也理应如此。当然，她从未闯入，从未质问。很有可能，他甚至完全不知道她的感受。

她感到一丝凉意，在屋檐下摸到钥匙。它还挂在生锈的铁钉上。她打开门，找到保险盒，打开灯。屋内一切宛如布兰登离开时的样子。炉子旁边的柳条篮内，泥炭和引火柴码得整整齐齐。关于卡拉瓦乔和土著艺术的书还摊放在一个小木凳上，木凳就摆在破旧皮沙发的一头，沙发上凌乱摊着一条佩斯利图案的小毛毯，那还是第一个夏天他们在基拉尼的一家二手店里淘来的。粗糙的木书架好像还是他学生时代用几块木板架在墙砖上搭起来的，上面放着关于自然历史和凯尔特民族的书、莎士比亚全集，还有杰克·B. 叶芝专著。喝了半瓶的詹米森威士忌立在窗台上，旁边放着几块鹅卵石和浮木，还有些收集来的小动物的头骨。壁龛上的陶罐里插着几枝干缎花。房间里一股霉味，仿佛霉菌的细丝已刺透地板、屋梁、橱柜和抽屉，整个房屋结构中到处都是。

她走到木头筐前，拿出一本发黄的《爱尔兰时代周刊》，将它揉成一团，将打火机伸进搭好的引火柴里，打着火。火苗很快蹿出来，没有熄掉。她弯下腰，吹了吹微弱的火苗，在她身上的连帽套头衫前扬起一阵雪花般的灰烬。终于火星碰到泥炭上伸出来的木须，它们像老人耳中的毛发。尽管这地方在法律上已属于她了，可她仍觉得自己像个闯入者。她站起身，来到楼梯下方的储物间，灯是坏的，不过她仍然能模糊地看出一个黄铜煤桶、装着绳子和各种钓鱼工具的纸箱、一顶草帽和几罐旧油漆。那里还放着孩子在沙滩玩耍的小桶小铲，看到这，她飞快地关上门，走进厨房，将一壶水放在炉子上。

门后挂着布兰登的旧毡帽、沾着泥点的博柏利夹克和一副装在破烂皮套子里的望远镜。她从未见过这副望远镜。她把手伸进夹克里，才发现她对丈夫来这里都做些什么居然一无所知。在夹克的胸前口袋里，她找到一张夕阳下的斯凯利格风景明信片，明信片四周因潮湿有点掉色卷边。

这章一直很麻烦。干了一整天活，下山到电缆欧利里小酒馆喝了一两杯健力士[1]。昨天尤金过来看我，把我赶出去，到特拉利附近他新建的高尔夫球场玩了一轮。那家

1 爱尔兰烈性黑啤酒。

伙有点迈达斯[1]味道。希望你不再那么怕了，也希望泰坦尼娅更合作，织工波顿[2]不再生气。别忘了把车送去保养。离合器用不了多久了。星期二见。

吻你，布兰登

她盯着这熟悉的笔迹看了一会儿，来自亡者的这些平淡信息还是让她吃了一惊。明信片上没有邮戳，也许他忘了寄，也许觉得最好还是送她一张斯凯利格的画。她仍旧将它放回夹克口袋里，接着找火柴，将铝壶放在炉子上。这里还是没有用电炉。布兰登挺喜欢这种童子军似的将就凑合，挺享受运燃料上山、下山买东西的不便。当年他继承这地方时，这里还没有电。他们第一次来这儿时，用的还是汽化灯。那时候，那灯看上去还挺浪漫。她在橱柜里找了半天，找到一罐发霉的雀巢咖啡；一个意大利咖啡的空包装袋；一个上面写着"茶"字的蓝白条纹罐子，里面还有几袋变了质的格雷伯爵茶包。来之前，她本该备足这些东西的，可是临走时，她在家中的橱柜里只找到一袋干意大利面、几听西红柿和沙丁鱼罐头、几颗洋葱和一盒鸡蛋，便顺手将它们塞进车里，她压根没有想到准备这些东西。

还得整理床铺，可她实在太累，便往炉子里又扔了块泥

1　迈达斯（Midas），希腊神话中的弗里吉亚国王，以巨富著称，关于他点石成金的故事非常有名。

2　这两人皆为莎士比亚喜剧《仲夏夜之梦》中的人物，泰坦尼娅为仙后，织工波顿被小精灵帕克恶作剧变成驴头，仙后因眼皮上被涂三色堇，醒来后见到的第一个人是织工波顿，便疯狂地爱上了他。

炭，然后从松木软榻上拖过枕头和埃尔特克斯毛毯，衣服也没脱，就蜷缩在沙发上，看那微弱的火光。只能如此。她太累了，什么也不想干了。再说，她也不太想一个人睡在楼上。她关掉台灯，将下巴处有股霉味的毛毯掖紧。小窗外一轮满月，月光倾泻在石灰墙上。尽管生着火，她还是暖和不起来。潮湿渗进骨头里，她躺在黑暗中瑟瑟发抖，想起从前让布兰登一个人独自来这儿，她很内疚。可是他愿意来，而她无法面对这里。不知道他可曾带苏菲来过这儿？幸好她不知道。

苏菲·鲍登有一双海妖塞壬的眼睛。如果玛莎是个有中年危机的男人，她可能也会受那海洋般深邃的绿眼诱惑。老话总说得没错。苏菲比布兰登小二十岁，是泰晤士与哈德逊出版社的编辑，也是他那本书的责任编辑。她年轻有野心，因为她的一本有关女性超现实主义的书而小有名气。在他们私情最浓时，玛莎知道布兰登曾考虑过放弃他们的婚姻，去跟苏菲组成新家。可是，不知怎么回事，不知是谁——她不知道他俩中是谁恢复了理智，如果可以用理智来形容的话——总之，布兰登又回到了她身边，不用说，比欲望更深沉的东西攫住了他。当他要她跟他一道去罗马时，她知道他跟苏菲之间的恋情结束了，而那趟旅行很可能就是对她的道歉。于是她接受了。

他俩对待悲伤的方式不同，可是悲伤没有拉近他们，反而让他们有了隔膜。她不记得她是如何熬过那段时光的，她如何应对他的晚归、他鬼鬼祟祟的电话、他们之间的距离和他的逃避。现在回头来看，她意识到那时她有点失常了。最让人心痛的是，他都懒得掩饰。虽然他也没有为此得意。只是他们一起生活多年后，在他们一起经历这么多之后，他们过着平行没有交叉的生活。他工作至深夜，总是在她之前先起床，回家后准会先冲个凉，而他以前总是在早上洗澡的。他们不说话。为排解心中郁闷，布兰登整理图片、关掉不必要的灯、在屋子里走上一圈将暖气全关掉。他俩谁也不提当下正在发生的事，日复一日，在拒绝接受和迟疑不决的迷雾中蹒跚而行。她尽量讲好每一节课，可是一天终了之时，她几乎不记得这一天在中六[1]课堂上她讲了什么。仿佛他们如果讨论到底发生了什么，庞然怪兽利维坦便会给放出来，捉住他俩一般。这个跟她同住在一个屋檐下的男人，用牙线清理牙齿，将厨房垃圾扔出去，睡在床的另一侧，可大部分时候，她一点也不了解他。她就像跟木头俄罗斯套娃一同生活，而她真正的丈夫躲藏在套娃里面。

再喝一杯吗？他说着又打开一瓶，瘫在沙发上看着电视上《新闻之夜》里的杰瑞米·派克斯。或者，你看了昨天的《卫报》吗？他俩只能应付这种敷衍式的交流。然而，这种交流难道不是恰恰证明——就像殖民探险家向心存疑虑的土著递上不值钱的玻璃珠子——证明不管多么脆弱，他们之间交流的渠道仍然是敞开的吗？

可是他又能做什么？不管他做什么也无法让她感觉好受一点儿，无法让她恢复理智。她靠抗抑郁药入睡，当她在逐渐消失的晨光中苏醒过来时，她无法消除脑海中“生活现在就这样了”的这种认识。不管她向谁哭泣祈求，抑或向神灵

1 相当于中国的高二和高三。

抱怨，每天，她还是得起床，刷牙，梳头，面对这持续的、顽固的魂不守舍。

火灭了。她太累太冷，然而在这海边潮湿的小屋中，长夜漫漫，她无法入睡。她真的有必要回来吗？回来面对她以为掩埋了的一切，却发现就如没入沼泽的羊骨，大雨的冲刷让它们再度显露出来一般，她的记忆也重新浮现出来。

在罗马，他们在位于不列颠学院附近的朱利亚别墅博物馆里流连忘返。她非常喜欢朱利亚别墅，古老的乡村别墅里全是伊特鲁里亚古国艺术品。午后的酷热被挡在百叶窗之外，她站在装有金珠黄金首饰和罗马玻璃饰品的玻璃匣子前，品味着这静谧时光，外面阳光炽热。布兰登殷勤周到，像闯了大祸的小男孩想重讨父母欢心一般。他们在胡桃木雕花床上激情地做爱，这是多少年来他们再也没有过的强烈体验。不知怎么回事，仿佛触摸可以消除他俩都想忘却的东西。她想，亲密就是这样吧，他在冲洗阴毛上的沐浴露时，她光着身子站在洗脸池前剔牙。这些亲密的片刻意味着他们补好了那道口了，至少在那上面缝了个补丁。浪漫之爱不会告诉你如何应对暴风过后的凌乱。爱并没有修复，不是吗？就像这个爱尔兰小木屋上方的天空，总是处于不断流动之中。

他们坐在小酒吧的台阶上，品着普罗塞克酒，远眺台伯河，然后漫步走过繁忙的街道，去四殉道堂，就像罗马人的黄昏漫步一样。姑娘们穿着短裙短裤，秀她们晒黑了的美腿，孩子们则穿着仔细熨烫过的衣服在玩捉人游戏，或坐在教堂台阶上吃冰淇淋。当他们走到四殉道堂时，周围空无一人。蝙蝠在教堂回廊中飞进飞出，太阳从山后隐去，淡红的天空下柏树显得很黑。布兰登一言不发，默默挽住她的胳膊，她则将头靠在他肩上，嗅着他刚洗过澡的味道。

都是些小得不能再小的姿态，但是他们都知道这意味着什么。

2

从灯塔射出的一束光线扫过小小的鱼眼窗，片刻之间照亮充满幽灵的房间。不知道几点钟了，她盖好被子，刚才要是铺了床就好了。悲剧难道不是会让人们更亲近吗？然而即使在他们的生活像洗手池边从里翻到外的橡胶手套一般被彻底颠覆之前，布兰登也总想虚与委蛇，给她他以为她想要听的解释，而非真相。所有生命全靠妥协才得以延续吗？生命之轮要以微不足道的事实为润滑油才得以转动？布兰登很有魅力，当然，也凭魅力生存；凭魅力进入考陶尔德[1]，得到她父亲的支持，建立起自己在艺术圈的人脉。可他把魅力当成盔甲，从不与人推心置腹，从不敞开自己的心扉，她不知道他算不算情感上的懦夫。布兰登是那种男人，他避免内省，宁愿活得轻松点，也不喜欢将事情严肃化。可他这样做没有明显的理由，他的童年相当快乐。他的父亲德莫特，跟他们那个年代的大部分年轻人一样，十五岁时离开凯里，搭船横渡哈弗福德韦斯特，先在伦敦多切斯特酒店当门童，由于长相英俊，一头乌发，毫无困难便立住脚，并捞到一桩对自己极为有利

1　在艺术历史和收藏领域中世界领先的学院之一。

的婚姻。

布兰登的外祖父在多塞特经营一家小旅馆。当时他们在物色一名新经理，恰巧德莫特厌倦了伦敦，便申请了这个职位，接着爱上了他们的女儿罗丝。我的英伦玫瑰，他这样戏称她。她那满是雀斑的皮肤、小巧可爱的米珠串，正是典型的英伦风，他觉得她正是他想要的人。当罗丝父母退休后，德莫特和罗丝接手旅馆，增开了一个高尔夫球场。他穿着瓦尔·杜尼肯式[1]的毛衣，柔声细语、温和迷人，轻松地周旋于客人们之间。他在此承办高尔夫联赛，连国际明星也下榻于此，如穿着格子裤、头戴白色海军帽的罗伯托·德·维琴佐、赢了1957年美国公开赛的迪克·梅尔。梅尔热爱英格兰，每年夏天都带着夫人、女儿们来这儿度假。布兰登和他弟弟迈克尔在球场当球童，去深草区捡球，赚了不少零花钱。旅馆就是他们儿童时期的成长背景。他们和克罗伊登的几名会计、瑟比顿的一位牙医及他们的孩子们一起玩迷你高尔夫，在小路上骑脚踏车，路两旁全是月桂树，在沙丘上搭帐篷。兄弟两人都是游泳好手，这对海边长大的孩子来说是轻松自然的事。

他们也加入了本地板球队。罗丝则身着夏装，浅色针织衫披在肩头，她在高地上搭建的大棚子里做三明治，为大家煮茶。新烫的头发，鲜红的双唇，她仿佛仍然无法相信，自己居然就长大了，大到有两个这么大的儿子。两个儿子都送到

1 瓦尔·杜尼肯是爱尔兰著名歌手，他圣诞期间在电视节目上穿的毛衣，被冠上了他的名字。

谢伯恩男校就读，说话没有一点爱尔兰口音。对德莫特而言，能送儿子们上私立学校是一种骄傲。不过，布兰登总是说，父亲为什么不选择唐塞德男校或最古老的天主教学校之一的安普尔福斯学院，他真有点搞不懂。他很形象地说，在欺凌、侵犯的男孩世界里，你可不想说话听上去像个爱尔兰佬。

出乎他意料的是，他在考陶尔德找到了自己的位置。艺术史这个课题前景并不被看好，可是十七岁那年的意大利背包游让他了解了十五世纪的文艺复兴，也让他认识了葛洛丽亚，一位美丽的三十多岁的博物馆馆长，在她那里，他交出了他的第一次。是葛洛丽亚向他介绍了乌切洛和皮耶罗·德拉·弗朗切斯卡，也让他见识了意大利土豆汤团和午后性爱。

布兰登，你一定要喜欢德拉·弗朗切斯卡的宁静，情感上的绝对清晰与简朴。她这么强调，发音中的元音很重。她叉开腿跨坐在他还是男孩的身体上，丰腴的肉体上印着一道道百叶窗投下的阴影。后来，从他逐渐爱上的那些现代画家身上，他明白了皮耶罗的几何构图和平面世俗色彩是多么完美。

风吹得屋檐咯吱直颤，她想，布兰登与自己的成长经历多么不同啊。她的父母晚来得女，她最记得梅斯菲尔德花园大门上的彩绘玻璃将五颜六色的光线投射到黑白相间的大厅瓷砖上，那么宁静有序。那幢房子不适合孩子居住。墙上挂满了画作或印刷画，她小时候，只以为一切本来如此。塞尚画作的印刷品、毕沙罗的小幅油画苹果园、本·尼科尔森画在蓝白方形纸板上的构思，像一扇窗户敞开对着大海。流苏沙发上胖鼓鼓的靠垫间散乱放着从图书馆借来的书，古董玻璃台灯玫瑰色的光晕投射在书上。壁炉上一座黑色大理石钟，钟框两边各有一个镶着金边的半人半羊牧农神，嘀嗒嘀嗒地打破了宁静。远处角落里立着一架小型三角钢琴，无人问津。钢琴是随着爷爷从苏黎世运过来的。琴盖上放着一个银质相框，里面是爷爷的照片，他头戴插着根羽毛的软毡帽，站在马特洪峰前的野花丛间。旁边是她父母的一张黑白结婚照。母亲穿着一套合身的战时套装，手捧一束香雪兰。她父亲身穿英国皇家空军军装，尽管留着整洁的小胡子，可看上去像尚未成年。她长得像母亲。漂亮，有种清澈透明的感觉，仿佛占用了太多尘世空间似的。

可是留在她记忆里的永远是那幅画面：母亲要“躺”一会儿，家里静悄悄的，木地板咯吱作响，她蹑手蹑脚地走过楼梯口时，从半掩着的门里看到床头柜上蓝色镁乳剂药瓶和泻盐锡盒闪着光。她尽量放轻声，可是有时候母亲会大声喊她，她在楼梯上转过身，看见母亲躺在红木大床上，盖着缎面鸭绒被，面向墙壁上的粉红蔷薇架。第二天，一切又恢复正常，没人会提起她母亲昨天不舒服。她看到母亲在厨房里给食品店打电话，或者正弯腰在柳条洗衣篮内清拣父亲的条纹衬衫。

玛莎的母亲出生在赤道以南的一个国家，当时在地图上那里还是粉色的[1]。那儿，在英国俱乐部的绿色花园之外，蒙巴沙成了无数狭窄街道的迷宫，那里的雕花大门之后潜伏着隐秘世界。尼雷尔大道、海尔·塞拉西路，这些名字对她母亲

1 意味着还是英属殖民地。

神秘的殖民地童年生活来说，像一串枯燥冗长的连祷文。

她将被子拉到下巴处。独自一人在这狂风肆虐的海岬上，周围是连绵数英里的冰冷大海，往事如潮水般涌上心头。如果她突然生病了怎么办？她可以给谁打电话？她能告诉谁？

3

布兰登十一岁那年，德莫特带他和迈克尔回凯里看望爷爷。尽管吃了晕船药，两兄弟还是在渡轮上晕船了。终其余生，布兰登只要一闻到空气中的那种柴油味道，立刻就觉得胃里翻腾。马车蹒跚而行，快散架的汽车喷着黑烟，从都柏林到基拉尼一路花了几个小时。当他们终于到达位于大西洋边的白色小木屋时，才发现那里竟然没有室内厕所。

知道吗，孩子们，据说克伦威尔把叛军发配到凯里来，这里是他们不愿下地狱的另一选择，德莫特开玩笑说。当时，车外瓢泼大雨，两个孩子挤在福特派法特车后座上，车窗玻璃水汽模糊，他们腿上搁着用保温杯装的奶茶和鱼肉三明治。

我小时候，这儿大部分人家都说爱尔兰语，可是没有活干。看看现在的我，如果当年我没去英国的话，我就不会认识你们的妈妈，那样的话，也就没有你们俩了。他眨眨眼，去英国时，我还没有你们现在这么大。

整个夏天，他们在悬崖峭壁间游逛，或者帮爷爷干活，拎着掉了漆的搪瓷桶到远处山坡上的牛群处；挖土豆，把大的、小的分开。天气潮湿的日子里，排水不良的田里到处是黏糊糊的黑土，当他们费劲地走回小木屋时，靴子上足足沾了半亩地的泥巴。

布兰登最后继承了这地方。迈克尔和妻子及两个女儿住在堪培拉，这地方对他们没什么用。除了那些孩提时代的假期，爱尔兰在布兰登的生活中没什么太多痕迹。在考陶尔德艺术学院撰写艺术硕士论文时，布兰登对圣艾夫斯派有了兴趣，他联系上玛莎的父亲，问他了不了解画家彼得·兰宁。

了解一些。她父亲回信道。他们曾同在英国皇家空军服役。他也曾见过瑙姆·加博一次，在康沃尔时，还见过几次芭芭拉和本·尼科尔森。

后来，四月里的一天上午，布兰登未经预约便现身画廊。午后，她父亲便问布兰登愿不愿意在这里工作。

是有点冒险，我知道，但是我们需要年轻人，需要能跟上纽约节奏的人。艺术世界时刻在变，父亲隔着多佛鲽鱼那道菜，对紧闭双唇的母亲说。他看上去是个聪明的年轻人，再说，一开始，我也只给了他六个月的工作。

她父亲喜欢布兰登，把他当儿子，玛莎知道父亲一直想要个儿子。她家的家庭画廊最初是爷爷在苏黎世创立的，后来，希特勒大发淫威，爷爷举家搬迁至汉普斯特德，在科克街重开画廊。战后，父亲负责与艺术家和客户打交道。再后来，六十年代时，爷爷因关节炎而瘫痪，父亲便全盘接手，他从法国和欧洲大陆艺术上抽身，专注于英国现代画家。他在飞行学校结识了彼得·兰宁。战后他们仍是朋友，玛莎还记得，小时候，一家人驱车开过康沃尔曲折的小路去拜访他。即使那时候她还小，彼得·兰宁英俊的外表和那些奇怪的空中画作还是给她留下了深刻印象。

也许因此，她才学习戏剧，尝试自己独立闯荡。有一阵子，她甚至想学舞台表演，可惜没有足够的自信站在镁光灯下。怎能想象她这么一个书呆子般害羞的女孩成为女演员？读大学时，同学们觉得她的生活很有点波希米亚风。

你真幸运，玛莎，有个当艺术商的爸爸。我爸爸是个无趣的老牙医。他真的见过布拉克吗？

当然，她爱爸爸，可是汉普斯特德的那幢屋子太过成人化，在那里她总觉得与爸爸相隔遥远。

那么她的母亲呢？嗯，在妈妈面前，她总觉得自己不够优秀。她拿不准妈妈是否知道她在曼彻斯特学什么，妈妈耿耿于怀的是那所学校既非牛津亦非剑桥。

布兰登第一次跟她父母共进晚餐时，长发齐肩，花衬衫，酷酷的嘉纳比街风格，当他邀请她一道去看马尔波罗画廊举办的弗朗西斯·培根展时，她心里想的是，他比她大七岁，现在开始讨新老板女儿的欢心了。接下来几周，他们去看了《白日美人》，坐在乌烟瘴气的黑暗剧场里，她明显感觉到他放在旧灯芯绒裤膝头的修长手指离她的腿是那么近。看完电影，他们先在迪恩街法国小屋喝了一杯，然后她跟他回他位于戈登街的家，在那儿她失去了贞操。整个大学四年她都保持了完好的处女之身，这让她有点儿难堪。前两学期她约会的男友格雷厄姆，一直想让她放弃这个念头。为什么她要抵制呢？那只是“夏日之恋”罢了。她的裙子太短，头发太长，那年月披头士比耶稣更受欢迎。然而，她觉得沮丧，是什么令她沮丧？是她妈妈挑剔的声音。

她跟布兰登开始谈恋爱时正是她开始教书时。多年来，她常常梦到自己站在讲台上面对学生，却忘了要说什么。下面一片偷笑声、耳语声、课桌开合声。惊醒过来后，脉搏跳得好快，害怕自己最后会露馅。当然，这种事从没发生过。可是在她心中，她知道这是有可能的。随着日子慢慢过去，她忘了夜晚的这种恐惧，转而尽量鼓励孩子们，鼓励那些从未进剧院演过奥伯龙和泰坦尼娅的孩子们。

4

玛莎，你简直不知道那儿有多美，布兰登跟律师结束通话后，兴奋地对她说。我们得去那儿一趟。小木屋就在大西洋的边缘，欧洲的最西端，再往西走就会掉进大西洋里。天气晴朗时，从屋内你就能看到通往比埃拉半岛的海湾，再远可以看到沃特维尔和麦吉利卡迪山脉。那儿只有金雀花、岩石和绵羊。那儿就像世界尽头。我们还可以去斯凯利格。它们是大西洋中部最奇异的岩石。六世纪时，有修士在那儿定居过。想想那儿的天气状况，居然有人会在那儿生活，真让人难以置信。据说修士们是来自沙漠的隐修士，你知道吗，就像那个叫什么西蒙的家伙，在安提阿附近的石柱上一坐三十年。只有夏天时，船只才出去几周，洋流很强，不过八月间应该没问题。小木屋非常简陋，可你会爱上它的。我知道你会的。布鲁诺也会。

布兰登死得很突然，完全出乎意料。她对此毫无准备，他也没有。也许死亡总是这样降临，在生命未尽之时降临。那段时间他正在和编辑整理他的新书，这次的年轻编辑叫乔纳森·钱伯斯。后来，一个周日上午，他从街角报亭买完报纸回来，抱怨说左臂针刺般地痛。

我觉得应该给医生打电话，她坚持说，因为他脸色灰白，豆大的汗珠从脸上滚落。

别麻烦了，玛莎，我只需要多锻炼，减点肥。我他妈还没有九十岁呢。

可是到那天晚上，他已经在重症监护病房了。到午夜，她永远失去了他。

没有一句临终遗言。没有情感的宣泄，也没有来得及解释过去交代后事。他就那么倒下，失去意识。她忘了死亡是多么平淡，她坐在病房旁边的小康复室里，茫然地瞪着墙上助人为乐的撒玛利亚宣传海报，准备一个人回家。

接下来的几周，她茫然无措，生不如死。她站在起居室中央，好几个小时一动不动，听着外面的雨声，思考她可以做什么——自杀、逃离、借酒浇愁？她无法待在家里，于是她开车去布莱顿，找她的老朋友林茜。以前她们只在圣诞节时互送贺卡，总是许诺说今年一定要聚聚，可从来也没聚过。也许去音乐厅听场音乐会？到苏豪区吃顿中国菜？她打电话过去时，林茜很贴心。

真可怕——布兰登还这么年轻。当然，玛莎想待多久待多久。

白天，当林茜辅导城里不良少年时，玛莎沿着海滨大道漫步，看着外国学生坐在防波堤上吃着鱼和薯条。逛逛小巷中的古董店，参观摩利士圆顶的皇家行宫。傍晚，她们一起大喝墨尔乐红葡萄酒，入夜，她躺在陌生的床上难以入睡，睡着了也会被不安的梦惊醒。三天后，她离开了布莱顿。

回到米德尔顿广场的家，她整理布兰登的书房。烟灰缸满满的全是难闻的烟头。他从不让清洁工进他的书房，怕她挪动他的东西。他一直保证会戒烟，也尽量只在书房里抽烟，弄得书房像个老式酒吧。她整理他的论文、大学里的笔记，十七岁那年夏天在意大利背包旅游的照片。他那时多瘦啊，乱糟糟的齐肩长发，揽着一个戴白色墨镜的丰满姑娘，玛莎想，那一定是葛洛丽亚。玛莎把褪色的裤子和T恤放进黑色塑胶袋里准备送给乐施会，她纳闷布兰登为什么会有这么多单只的袜子。她放进洗衣机时明明是一双双的，为什么洗完后只剩下单只？在叠那件他写作时常穿的灰色旧开司米毛衣时，她忍不住把脸埋进衣服里，闻着布兰登若有若无的味道，哭了。

太不公平了，她失声痛哭，上唇挂着一行鼻涕。为什么你总是这样对我？

她宁愿在街上游逛，也不愿待在家里。从尤斯顿路走到国王十字街和约克路，走过工商老区、铁路货物堆场、侧轨上废弃生锈的机车、卖汉堡的小摊和地上乱扔着提供男男服务和橡胶女孩的卡片的电话亭，进入水上运动中心。她一想起那些阴冷凄凉的性经历就哆嗦。在黑漆漆的门洞里，酒鬼们已经躺下准备过夜，空气中弥漫着一丝尿骚味。她抄近路从火车站后面那片破旧的住宅区走过，两个街区的房屋全都钉上了木板，市政府计划重建此地。路边阴沟里有扔掉的针头和用过的避孕套。

有一天，她走过苏豪区和霍尔本，往下来到皮卡迪利，穿过绿园走向肯辛顿花园，看看蛇形湖上的鸭子和天鹅，一群身着褐白相间条纹制服的菲律宾保姆推着昂贵的童车在绕着花园漫步。接着她掉转头，朝维多利亚和阿尔伯特博物馆、自然历史博物馆走去，那些红灰条纹砖像一层层海绵蛋糕，她漫步穿过多个拱顶大厅，走过宽阔的马赛克地面，经过雷龙和霸王龙的恐龙骨。以前她经常带布鲁诺来这儿。布鲁诺跟所有小孩一样，对这些已灭绝的巨兽着迷。今天不是周末，这儿空空如也，没什么游人。宁静庄重的气氛、高而圆的屋顶、湿壁画天花板，让这个博物馆像座教堂。实际上，她曾在书上读到过，建筑师阿尔弗雷德·伍特豪斯参照意大利文艺复兴时期的天主教堂风格建造了这座博物馆。一座维多利亚时代的博物馆正合了上帝造物的荣耀。她不慌不忙走下昏暗漫长的台阶，经过那些装着哺乳动物、有袋类哺乳动物、啮齿目动物和爬行动物的红木箱子，然后没有特定目的地在一条幽暗的走道上停下来，这儿展示的全是各种鸟类标本。鸟儿们被安置在树枝或圆木上进行展示，羽毛被虫蛀得破旧不堪。真是不明白十九世纪的人们脑袋里想些什么，怎么会有这种热情，杀死鸟类只为了将它们被杀前的样子做成奇怪的实物模型重新陈列在这儿？一个展柜里居然只陈列着被砍下来的头和翅膀。黄褐色猫头鹰瞪着大而圆的眼睛。欧椋鸟有着金属般闪亮的头，翅膀全部张开。一只黑背海鸥紧紧挨着一只小雀的翅膀，再往下走过狭窄的展厅，那儿的小陈列室里展出的是已经灭绝的鸟类，包括毛里求斯的渡渡鸟，白色羽毛污脏不堪，有点儿像鸡毛掸子，钩镰般的鸟喙像极了《爱丽丝梦游仙境》里的那只鸟。这儿有几种渡渡鸟标本，那黄色标签上如是说。大部分渡渡鸟灭绝于十七世纪中期，是由于它们自己的陆地生活习性，被人类带到这片大陆来的猪、猴子和老鼠也摧毁了它们的蛋和鸟巢。留尼汪岛渡渡鸟只有图片记载，甚至图片也被重整过。她想，我们怎么能确信它曾经存在过呢，也许它不过是像独角兽那样的虚构想象呢？也许根本不存在，只是个梦呢？

一两个小时后，这地方开始令她情绪消沉，她便往回走去搭地铁，路过阿尔伯特纪念亭。她经常在路上看见它，但从没走近过。阿尔伯特亲王——维多利亚女王亲爱的丈夫——坐在镶金嵌画的王座上，被他来自全球四个角落的子民环绕。袒胸露乳的亚洲人披着有流苏的头饰，头戴半月形王冠，跨坐在下跪的大象身上，几个大胡子莫卧儿人侍候护卫一侧。欧罗巴手持权杖和宝球坐在公牛身上。美洲则由头发上插着羽毛的少女代表，她骑在一头毛发蓬乱的野牛身上，陪伴她的是一群印第安勇士。而最后，非洲，坐在努比亚奴隶牵着的骆驼上，厚厚的刘海让她看上去极像伊丽莎白·泰勒饰演的克利奥帕特拉。

悲伤让她完全迷失了自己。她知道自己困在过去里，可是又害怕向前走进未知的将来。她目前处于一个临界点，处于若有似无之间。哪怕起床也得用尽全力。她的生活由一些小成就来计量：去洗手间刷牙，洗脏得不行的头发。找出干净的内衣，这样她可以脱下睡衣。她坐在母亲留给她的小小胡桃木桌前，望着窗外出神，看着从市议会走出来的一个男人在打扫地上的垃圾，看着他将垃圾铲进平板里，然后装入绿色塑料袋；非法移民们不认识前门上“请不要投递垃圾邮件”的标牌，还在分发比萨饼的宣传单；交警们在雨里来来回回地走着，往违法停靠的车上贴交通告票。晚上，她做了个梦。实际上，她什么也没梦到。并非她没有做梦，只是在梦里，她飘浮在黑暗虚空之中，一颗孤独的细小粒子……整个宇宙便由此构成，从最高的大山到一颗盐粒，莫不如此。

只是原子罢了。

第二天，她往运动服上套了件雨衣，一头扎向克利索尔德公园。天上下着小雨，已经是傍晚了。绿道上车流灯光模糊。土耳其小店主用塑料布遮住店门口展示的报纸和水果。公园里几乎空无一人，她穿过网球场，从一个男人身旁经过，那人的脸方方正正像块砖，穿着连帽厚夹克，在遛一只斗牛犬。粗铁链紧紧箍着狗颈项，血管都暴露出来，粉红色的嘴边满是涎水。她在维多利亚观鸟园停下，看那些蓝蓝绿绿的鹦鹉，一对对情侣鹦鹉栖在人工树枝上，嘴对嘴啄着，咕咕叫着，中国雉拖着奇异的长尾巴，像披着件染着泥点的舞会礼服。紧挨着观鸟园的是一群扁角鹿，它们站在光秃秃的树下围栏里。那儿没什么草，大雨让那儿一片泥泞。

在图书馆处，她走上一条小路，走过路对面的小教堂，到较晚些建的红砖维多利亚教堂去。厚重的木头门楣上写着：1645。它看上去像个乡村小教堂。事实上，当斯托克纽因顿还是伦敦城门外的一处乡下静养去处时，当天花和瘟疫在那里肆虐时，它的的确确是座乡村小教堂。现在的公园曾经是绵羊吃草的地方。玛莎想象着风车和土豆田。现在的沙坑和秋千架曾经是绿色果园和水草地，想必丹尼尔·笛福住在那儿时准是那个样子。也许他会朝东往利河走去，经过小农场、酿酒厂、制革厂和铁匠铺，一边构思着鲁滨孙和野人星期五。她漫步走上教堂街，经过风筝店，经过一家存放弦乐器的商店，来到阿布尼公墓。

死亡。她一再被拖回死亡。

卜威廉和卜邦卫都埋葬在入口处的纪念墓碑之下。她想象着救世军们进出每间酒馆，向人们分发《世界公报》，救世军们戴着阔边女帽和大盖帽，在臭烘烘的酒馆小间内，敲着手鼓，劝人戒酒，劝说伦敦东区的小贩们和皮条客们签下誓约。

公墓里一股潮湿苔藓和霉烂树叶的味道，有点像是逃避城市抓捕的乡村隐匿之处。荆棘和一丛丛接骨木从维多利亚时代的墓碑间冒出来，许多墓碑上的字迹已难以辨认，有些石碑倾斜了，像是死去的人企图扒开湿润的墓穴，从下面钻出来。她在复杂的迷宫般的小径中漫步，经过常青藤覆盖的家族陵园，来到公墓中部废弃的教堂。教堂屋顶已经塌陷，周围竖起铁围栏，以防有人占用，也用来防鸽子。晚上这儿什么样？空空的酒瓶和啤酒罐乱扔在地上，地上还有无数被小堆火烧焦的痕迹。这座教堂何以遭到弃置？从前，在葬礼完毕后，这个教区富有的圣公会信徒们——身着黑色绸缎葬礼礼服、戴着黑色珠串的女人们，身穿双排扣长礼服大衣、银质表链吊在马甲口袋里的男人们——必定会聚集在教堂前门廊上和牧师闲聊。

玛莎看看钟，凌晨三点半。她躺在床上听着烟囱里风声呜咽，雨和无边的黑暗充满回响。当晨光似柔弱的手指爬上窗棂时，她总算疲乏地沉沉睡去。

星期天

1

派迪·奥康纳五点半起床。这是他多年的习惯。起床后天还很黑，他把水壶放在炉子上，洗洗胳肢窝和耳后，然后在长衬裤外面套上工装裤，穿上妹妹诺拉三年前亲手给他织的毛衣。他一周两次外加周日刮胡子。他将泥炭拖进来，点燃炉子，叠好晾在木头架子上的干净衣物，再打开用电池的收音机，调到“早安，爱尔兰”这个频道。他还记得他们的第一台无线电，又大又旧的东西。那时候邻居们都过来听。有两种电池：湿电池和干电池。你得把湿电池拿到凯尔西温镇上米奇·欧西的店里充电。只要收音机一打开，派迪就不再需要别的陪伴了。他很高兴在厨房里消磨时间，嘀嗒作响的时钟，炉子上方挂着的新日历，日历旁边还挂着一幅圣母像印刷品的画框，那是他的侄女在学校组织去卢尔德[1]旅游时买回来送给他的。他扔了一块泥炭到火里，浓茶早在褐色茶

1 法国西南部一朝圣城镇。

壶里泡好了，他给自己泡了一大杯浓茶，在桌边坐下。他喜欢干净整洁。漆布上，一组调料瓶挤在一只柳条盘里。他的餐巾卷好放在木质餐巾环上，旁边是蓝色条纹的黄油碟，跟牛奶罐正配。

喝完第二杯茶，他洗干净茶杯，穿上雨鞋，走到外面，将位于高山山坡上的牲畜饲槽添满，再检查一下羊羔，许多母羊即将产崽。此时还太早，但是，注意，一切都有点不对劲。他从风暴和大浪上看得出来，还有野生水仙，它们的顶端从沟里冒出来，接下来至少八周内它们没法再露面。世事无常，可是，他还是希望自己这一生能平安度过。自打他从都柏林回来后，三十年来如一日，每天早上都是这样过的。去都柏林是他唯一一次离开家乡。那时候米奇·弗林住在汉斯楼，邀请他去英格兰，但他从未成行。他幻想着参观白金汉宫、看皇家卫兵换岗，还有俗称“吃牛肉者”的伦敦塔卫士。可是，最终也未成行。他听过许多关于连一句英语也不会说的人背井离乡离开西凯里的故事，在伦敦公共汽车上，他们不认识站名，也不会用英语问从霍利黑德去别的地方怎么走。当下面村子里的吉米·里恩去澳大利亚时，简直就像开了一场守灵会，人们纷纷跟他做最后道别。不过，派迪在都柏林建筑工地上干活倒是挣了不少钱，只可惜他不喜欢那种生活。许多次，他跟同伴们坐在帕内尔街附近烟雾缭绕的小酒吧里，对着一瓶健力士黑啤时，他莫名地想起牲畜饲料的怪味，看到海岬处的景致，他也会心跳加速。他坐在人群中，用手背擦去嘴边的泡沫，却有种冲动，想站起身，回家。由于他的农村习性，那些城里的小年轻，都叫他爱尔兰乡下佬。派迪没有当工头的想法。他不喜欢对别人指手画脚。他在坎伯兰街租了间房，最穷的人才会去那儿买东西。那儿要么是廉租公寓，要么是穷游客的露营地。人行道上随处可见二手壶、破钟、单只的鞋和不成套的瓷器。他去托马斯街的菜市场，买土豆白菜，回来加点咸猪肉一煮，跟小店老板们聊聊天，但他在都柏林没有归属感。所以他还是回家了，给老爸帮把手，六个月后，妈妈去世。她并不太老，只有五十二岁，是癌症夺走了她。妈妈没有跟任何人说起过她的病，确诊后，癌症发作得很快，几周后她就走了。那是段可怕的时光。他尽量振作，可是老爸却失去生存的意愿，不久，老爸也走了。派迪接手了爸爸一直在做的事情。

派迪要求不多。有一辆车，以备他下山到镇上的玉米商那儿去，或跟几个朋友喝点儿酒胡吹神侃一通之用，外加无线电和电视，就足够了。注意，收音机和电视基本上是浪费钱，不过，他喜欢看那些野生动物的节目。去年夏天，这儿来了一伙扛摄影机的人。两三个年轻人穿着橡胶潜水服，看起来像海狮。他们坐一艘小摩托艇出海去拍摄棱皮龟，现在偶尔在海岸边还能看到这种龟。他们坐在防波堤上吃三明治，问他是不是一个人住在这里。有个小伙子染着姑娘才有的黄头发，还戴着一只耳环，却是个大块头。他们不懂他一天到晚都做些什么。他如何跟他们解释他的时间都不够用呢？跟他的羊群、几头牛，还有变幻莫测的天空在一起，他从不知孤独为何物。以前住在都柏林出租屋里，他不止一次地觉得他不属于造物主的那片土地。那里的人都是好人，他跟他们一起工作，一道喝酒，可是骨子里他总觉得孤单。

他知道那些年轻潜水员永远不会理解他这种单身汉的生活，孤身一人独居于此，在地里干活。单身汉们不善言辞，常觉消沉，一些人因此过着离群索居的日子，有些人过得不是太好，靠吃罐头食品过日子，酒喝得太多，甚至几周也不换衣服。可他觉得当单身汉挺好，甚至引以为傲。

在都柏林时，他曾经认识一个女孩。她在圣殿酒吧区附近乌鸦街上一间咖啡馆上班。他总在那儿吃早饭。那姑娘总穿着一条蓝白格子裙，头发颜色跟新挖出来的泥炭差不多。她为他端上一份煎火腿和一个鸡蛋，蛋黄黄得像太阳，当她一言不发把托盘放在他面前的塑料桌布上，他颇为羞涩。

一天，他鼓足勇气，开口邀请她星期天做完弥撒后跟他一道去桑迪蒙特沙滩。那天他早早地起来，烧了一壶水，特别仔细地剃须修面，把鞋子垫在一张报纸上擦得锃光瓦亮，再穿上自己最好的衣服。潮水退去，空气中一股海草的腥味，他们站在沙滩上看着孩子们放风筝，狗儿们仿佛被一根看不见的绳子牵着前后来回到处乱跑。她得用手紧紧攥着大衣和裙子，以防大风将衣服掀起，露出穿着丝袜的大腿。他买了香草冰淇淋，他们坐在走廊尽头的童贞马利亚雕像下，虽然天很凉，冰淇淋还是化了，顺着蛋筒流到她星期日才穿的大衣上，他只好用自己叠好的手绢将它轻轻揩掉。

接下来的一周，他请她跳舞。他是舞林高手，天生的好舞伴，总是很乐意带着他的姐妹们转上一圈。他经常陪姐妹们去凯尔西温的舞厅跳舞，讨好老爸。那时有两个舞厅，现在都改成了殡仪馆。其实，他主要是个监护人，为了省六便士的门票，只在舞厅门口闲逛，并不进去，只盼着哪个姐妹还惦记着他，出来给他送瓶矿泉水，他快渴死了。不进去派迪也无所谓，反正他太害羞，不敢上前邀请姑娘们跳舞。姑娘们排成一排沿墙而立，她们的头发是在自个儿家中烫的，穿着手织的套头毛衫和印花裙，等着小伙子的挑选邀请。他在舞厅外游荡还挺开心，找人要根香烟，小口喝着纳什柠檬汽水，听着从关着的门缝里露出的吉米·麦卡锡的四重唱，舞会结束后护送姐妹们回家。爸爸坚持要他们在十一点半前回家。那意味着他得提前先把他们的自行车推到山上来。他记得那个五月黄昏，姐妹们想到镇上跳舞去，可老头子就是不让。

我的老天爷，我怎么会有这种女儿？荡妇一样，难道她们不知道姑娘们总在那种六便士舞会里遇到麻烦？他吼道，一拳砸在厨房台面上。难道她们不知道那些领救济的男人躲在舞厅外面，等着勾引那些天真无知的姑娘，把她们带进黑暗小巷里，你还来不及说声万福马利亚，他们已脱掉了裤子。那些流浪汉骗子会哄她们说给她们买冰冻果子露，几句甜言蜜语之后，她们的毛衣、袜子和胸衣就被脱个精光，等她们意识到时，已无处容身只能去坞德莲洗衣房[1]了。

1　18世纪到20世纪末爱尔兰天主教教会经营的一家失足妇女收容所，因虐待丑闻，2013年爱尔兰总理正式道歉。

他非常不满，大声抱怨。姐妹们整个下午都忙着抹旁氏冷霜、烫发。她们哭啊求啊，可是老头子干脆戴上帽子，大步走出去，到院子里挤奶去了。

他只有一次将那个姑娘搂在怀中。他感受到她的心像受困的小鸟在胸腔中跳动，闻到她新洗的头发上洗发水的香味，他带着她滑过舞厅，舞厅地板上撒上力士洗衣片清洁抛光，现在光滑闪亮。舞厅里充塞着汗味、廉价香水味，他们伴着音乐《我心灵的黑板》跳着快步舞，派迪担心会踩到她的脚。他们一起喝姜汁啤酒——那年头舞厅里没有真正的酒卖——吃几盘覆着糖衣的咖啡味圆形小饼干。复活节时，他送给她一束报春花和一个小小的棕榈十字架。可是，她是家中最小的孩子，其他兄弟姐妹都移居别处去了，家里只剩下她。她不在咖啡馆上班的时候，就在家里帮有心绞痛的妈妈干活。她家很小，当她父亲在路上干了一天活回到家后，总得有人给他泡杯茶。

他们没有正式道别。一天，他拎着那只旧行李箱，登上巴士，回到西部。多年后，他听说他离开后不久，她妈妈便去世了，她加入了天主教善牧修女会。他想，如果他当时知道这些情况，不知会不会回去娶她，带她回这里。他想象着她念完最后的誓言，脱下见习修女候选人的裙衫，换上沉重的黑色哔叽长教袍，头戴白色亚麻修女头巾，系上黑色皮质腰带。那之后，这个世界便失去了她，而她也将终生与贞操和服从为伴。静谧的走廊一股蜂蜡味，他仿佛看到她苗条的身影，面朝下趴在冰冷的石板地上。女修道院院长用一块丧葬布盖住她，宣布从前的她已消亡。当丧葬布揭开时，她已是一个新人，她嫁给了基督。

他祝愿她一直幸福，希望她永不后悔。本来一切有可能完全不同的。有时候，他想象自己醒来时，她就躺在他身旁，他们还生了几个孩子，他能闻到她身上的力士香皂的香味。可是，不，看着天上乌云密布，暴风雨从大西洋席卷而来，他已很满足了。服从气候的统治，顺应各种气候。他可以随心所欲地安排他的一天，与牲畜为伍，这样的生活并不太糟。他属于这片土地。

这才是他的家。

最近，老听说有人想要赶走他，因为从他的土地上看得到斯凯利格。谁会打他的主意？他尽量不去想这事，想又有什么用？

2

玛莎已经忘了她此时身在伦敦西北面，离伦敦有多么远，天黑的时间有多长。现在是上午九点差一刻。她时睡时醒，脖子扭了，冷得要命。她一把拖过厚厚的外套，缩回毯子里。待会儿她一定得找个热水袋。她肯定楼梯下的壁柜里有一个。外面，天空是那种脆弱的淡蓝，碧空万里如洗，在黑暗中看上去那么遥远的小岛，现在却仿佛近得可以游过去。目光所及之处不见一座建筑和一棵树。除了无垠的大海、天空和岛屿之外，什么也没有了，以至片刻之间，她的心因这份美而停止跳动。

她从被子里爬出来，叠好毛毯，把它们塞进软榻里。她得上楼去，给床透透气，铺好，今晚就可以好好睡一觉。她摸到打火机和火柴，点燃炉子，但懒得洗澡了。这儿太冷，她忘了打开热水器，反正这里没人在乎她身上有没有异味。她刷牙，生好火，然后套上布兰登的防雨外套，往海岬那边走去。海岬下面，海浪卷起来拍打着岩石，而羊群在背风的石墙下挤作一团，她经过时，它们咩咩叫着往山上逃去，晃动的后背模糊在迪高荧光颜料般的粉红中。空气中嗅得到浓浓的盐味，从海上飘来的雾气像在面前刷了层白色涂料，无人居住的小岛慢慢被抹去看不见了。在泥泞的沟渠里，一只孤独的黑头鸦正啄食一头小羊的尸体。小路两旁散布着小木屋，屋顶坍塌，一簇簇青草从断墙边冒出新苗，如同一条条不规则的绿眉毛。牛儿在塌陷的灶台边啃着青草。大西洋上三百英尺高处，那些曾经住在这里的人都走了，他们厌倦了在几块冒烟泥炭下瑟瑟发抖，他们受不了干咳，便远走利物浦、布里斯班和纽约，只余下颓垣断壁与他们遗失的声音共振。

周围没有一个人，风里夹着雨。道路陡峭，用作边界、将田地分割成块的石墙歪歪扭扭地立在田野中，像受伤脊柱上错位的脊骨。黑色化肥塑料袋的残片挂在带刺铁丝网上，在风中胡乱拍打着。曾经在这儿耕种的是山地人。他们从灌木丛和沼泽地里开垦出小块田地，一垄垄土豆、小块小块的圆形玉米地。土豆、黑麦和燕麦是他们的主食。他们用黑麦草盖屋顶，靠土豆和燕麦填饱肚子。

雨太大，玛莎竖起布兰登夹克的衣领，她停下来，喘口气，纳闷人们为什么挑了个这么遥远偏僻又不靠港口的地方定居。这儿没有什么东西能抵御大自然。一年四季他们绝对是湿乎乎的。他们的皮肤也肯定一股泥炭烟熏味，肺里准塞满了痰。女人们到二十岁时就已生了几个饥饿、邋遢的孩子。

她记得布兰登跟她说过一件事：五十年代时，他父亲德莫特有一次回老家看望父母，在荒无人烟的峡谷里开车时，碰到两个警察赶着一辆驴车，车上载着一口棺材。他便停下车问怎么回事，那个胖警察告诉他，几天前有个小伙子在峡谷里收割，多喝了一两杯，喝高了，脱掉衣服，跑进山里。那天晚上倾盆大雨，这可怜的白痴迷了路。第二天早上，当米奇·墨菲赶着羊群上山时，他在泥地里发现了那家伙的脚印，顺着脚印在附近找到他半裸的尸体，乌鸦正在啄食呢。

玛莎费劲地大步往山上爬，大风吹得她直往后退。路边有座隆起的小平房，墙上满是绿霉，窗户用木板钉死了，她打那儿经过时，一条满身是泥的乡下狗冲出来，冲她直叫，在她脚边撕咬。她捡起一块掉下的木栅栏板，把它赶走了。她一眼瞥见在一堆乱七八糟的铁丝网中间有辆生锈的儿童三轮脚踏车。

她浑身都淋湿了，想起好多年前，他们从可胜电影院里看完电影出来，外面下着大雨，两人跑到布兰登的住处避雨，他那时住在破旧的布卢姆茨伯里顶楼上。他们脱掉湿衣服，她将内衣和毛衣挂在锈迹斑斑的浴室里，穿着他阔大的格子睡袍。在煤气火炉前，布兰登用一条大毛巾为她搓干头发。房间里有一张塌陷的双人床和一张极丑的红木书桌，上面堆着艺术书籍。从房间窗口向下可以俯瞰戈登广场的一个私家花园，花园角落里有一棵古老的欧楂树。那年夏天，她常常见到一位老太太头戴草帽坐在树下看书。那长长的脸型，让她想起弗吉尼亚·伍尔夫。

她爱那间房。就是在那儿，她第一次觉得自己长大成人了。那会儿她刚获得教师资格，她有个恋人。星期天可以懒懒地躺在床上，读论文，吃松饼。下雨的午后，他们去大英博物馆的手稿室。布兰登带她见识了位于林肯法学院区13号的约翰·索恩爵士博物馆内的各种雕塑和奇珍异品。英国人的怪癖于此可见一斑。

等她回到小木屋时，炉子已经灭了，门口垫子上有一张字条。

亲爱的玛莎：

我应该早点写信的。我听说你来了。得知布兰登去世，我非常难过。我和他是老朋友。我真心希望你能来参加我小小的新年夜庆祝晚会。只有几个朋友而已。七点半到，八点正式开始。

尤金·瑞奥登

3

玛莎很吃惊。她压根没有想起过尤金。她只见过他一两次而已，虽然他一头黑发、身材高大 、拥有豪宅，可她真不怎么喜欢他，她觉得他倨傲自大，寡言少语。他和布兰登是少年时代的朋友，是某一年夏天在沙滩上嬉闹时结下的友谊。现在尤金成了爱尔兰的大富翁，从地产律师摇身一变成了开发商，在爱尔兰风景名胜之地开发了一系列豪华酒店，招待精英客户。他成天要么打高尔夫，要么外出打猎，要么在沙滩上遛他的爱尔兰赛特猎犬。她也知道，多年前，尤金初次见她时就不喜欢她。她疑心自己在他眼里个性太强，是个有点书呆子气、高傲的英国女人，总穿着天然亚麻裙，系碎花围巾，留着少女般的长发。就他的品味而言，她太丑了。也许她令他不舒服，因为他明白不管是他的为人还是他的财富她都不感兴趣，明白他永远也不可能征服她。他喜欢花瓶般的女人，头发挑染过的女人，挽着他的手走进高尔夫俱乐部餐厅时，看上去不错的女人，或者当他招待客人时，坐在长长橡木桌另一头的女人。他是那种男人，如果他看到她在沙滩上埋首读书，他会吹嘘说自己“没有时间读书”，他只能在繁忙的日程表里挤进报纸和行业杂志这类阅读，在他看来，阅读仿佛是一个缺点，说明这人的生活没有价值。

她有点好奇，当初布兰登带着妻子出现在他面前时，他是不是很嫉妒呢。布兰登为人随和，有教养，真不懂他怎么受得了尤金这种人的。不过，布兰登的爷爷出生在巴林斯凯利格斯。两家人祖上有点联系。布兰登可能也只打打高尔夫，他对打猎并没兴趣。他写书，收集艺术品。她不知道尤金是如何理解彼得·兰宁的。尤金家曾经是爱尔兰教区长住宅，墙壁上挂满了有关狩猎画作的印刷品、无路可逃的牡鹿的油画。低矮的茶几上亮光闪闪的古董书籍、嘴里还叼着松鸡的青铜狗惹人注目。他并没有什么时间留给所谓的“现代派艺术”。那么他的晚会怎么办？她也不知道自己能不能应对得了。她本打算抱个热水袋早点儿上床，喝威士忌，看会儿伊迪思·华顿。她真想忘掉这是新年。

尤金为什么会邀请她呢？不怀好意地想看看这么多年后她是不是年老色衰？还忘不了布兰登的友情？他怎么知道她在这儿的？好吧，也许她该去。毕竟她有大把时间独自待着。好在她来时随手拿了套上好的黑色礼服裙，扔在行李袋里保暖内衣的上面。

她煮了一壶咖啡，动手清理布兰登的东西。虽然这样做是不得已，她仍觉得自己像个间谍，甚至更糟糕，像鬣狗在乱翻乱咬丈夫的尸体。自他去世后，这里一切都没动过，还是他离开时的样子，书还在老地方，纸张散放在书桌上，窗沿上一堆死苍蝇。显然，他从没想过要打扫这儿。她走到松木书桌前。抽屉里塞满了旧收据，在中间那个抽屉里她找到好多本鼹鼠皮笔记本，里面全是海鹦、乌头海鸥和三趾鸥的素描，且全都注有日期、时间和地点。她完全不知道布兰登对鸟类有如此浓厚的兴趣，更别提他还有一副望远镜，要不是她在厨房门后看到的话，她也不知道。令她好奇的是，不知布兰登有没有跟苏菲一道去过李谷沼泽或爬上奥福德角去找些什么轻易难以见到的东西？不过，苏菲可不是那种能蜷缩在潮湿隐蔽处观鸟的人。在他们的恋情终结后，玛莎以为布兰登会告诉她一切。当然，爱观鸟的秘密并非什么十恶不赦的罪过。不过，它仍是个秘密。也许我们并不真的了解那些我们与之共同生活的人。玛莎尽量想想自己有什么是布兰登不知道的。

她的手指拂过布满灰尘的书架，五花八门的各种破旧书脊:《古董收藏艺术》、约翰·勒卡雷和塞巴斯蒂安·福克斯、沃尔特·本雅明和西奥多·阿多诺。还有一卷卷关于比埃拉半岛的地质学、考古学书籍，无数本泰晤士与哈德逊出版社的艺术书籍，一排排企鹅出版社的橙色系列平装书。当她翻看那一箱箱文件时，看到一本翻得很旧的地址簿，她下意识地翻到B条，找到苏菲·鲍登，布兰登潦草的笔迹写着SW13，南丁格尔路第3号公寓。

为什么这仍会令她心烦呢？难道是因为它将过去又带回到现在？因为它意味着她极力想忘却的东西被白纸黑字记下来，成为历史和事实。她翻着那泛黄的书页，里面记载了考陶尔德的老朋友们的地址，有些人在搬走后，或者更糟的是，在死后，被粗粗的黑线给划掉了。还有些名字是客户、出版商、编辑和出版社联系人。有些人她依稀听说过，还有些人早就换了新工作。他们的邻居，朱迪和山姆也在里面。夏日清晨，山姆和布兰登在海伯里菲尔德打网球，有时候，他们还一起去阿尔梅达剧院或去上街的黎巴嫩餐馆吃饭。

她把碎纸片、旧文件扔进大大的黑色塑料袋里，仿佛整洁可以让她保持神志正常。这本小小的地址簿让她很不开心。仿佛一个短暂的生命不过就是一本莱兹笔记本上的一堆名字而已。这个本子上的这些名字中，有多少人知道布兰登去世了？有多少人会为此伤心？物是人非。这是新的一章的开始，可是她还没有任何计划盘算。她父母双亡，现在又成了寡妇，在这个世界上她无牵无挂，她想要什么便可做什么。可是她想要什么呢？她唯一想要的却永远不可能实现。她曾用自己的奇思妙想，企图将之付诸实现，差点把自己和布兰登逼到发疯。她不是虔诚的教徒，对她而言，死亡便是终结，是超越时间与睡眠的无声黑暗。现在她只剩记忆——一些信件和照片。一个人能有多少故事？它们以多少面目示人？她关上抽屉，打开另一个，找到布兰登那本关于圣艾夫斯的书的初稿。

也许布兰登因此而爱上了这段爱尔兰海岸线。它与康沃尔相似。那灰绿色调、黄色金雀花和干石墙，海浪咬啮下参差的悬崖。她把抽屉彻底拉出来，放在桌上，以便更好地清拣里面的东西。《凯里人》剪报，尤金对当地环保人士发起的法律之争。她粗粗扫了一眼，便将它们连同出租车收据、零散的回形针、没了胶性的信封和用光了油的圆珠笔一同扔进了塑料袋中，接着再把抽屉放回去，玛莎突然发现，在爱尔兰巴士公司时刻表下面半藏着一张照片，她的心漏跳了一拍。夕阳西下，一个小男孩冲浪的剪影，他的双臂高举过浅黄色头发，仿佛在挥舞。

4

如果她要去参加尤金家的新年晚会，她就得开始准备了。她不想一个人待在这里。她手忙脚乱，仿佛这小木屋包围着她压迫着她。她飞快地脱下衣服，冲了个凉。她来这儿后还没有好好洗个澡，热水澡真好，她的皮肤洗得发红，冰凉的浴室里热气腾腾。她站在汀普莱斯取暖器下面用毛巾擦干身上的水，擦头发，小小医药柜门上那雾蒙蒙的玻璃中映出自己那张苍白的脸，瞪视着她，她简直认不出自己来。然而，如果努力点，收拾打扮一下，她看上去会好得多。她一直都很注意照顾自己，合理饮食，多走路少坐车。天气好的时候，她气色还不错。倒不是她在乎尤金的看法，不过，既然她决定参加他的晚会，她想让自己看上去精神些，她可不想让人觉得她是个悲伤的寡妇继而可怜她。不管怎样，她的悲伤早已消化得差不多了，剩下的只是一点个人情绪。她弄干头发，化妆，穿上黑色礼服裙，披一条山羊绒披肩，将一双好鞋子装进塑料袋里，然后再将连帽厚夹克搭在肩头。她锁上门，快步钻进车里，打开引擎，消除挡风玻璃上的雾气。夜里很冷，天空晴朗一如星相图般清晰。当她驾车下山时，灯塔上射出一束光扫过墨黑的海湾。在黑暗中开行了几英里后，她在凯尔克人十字路口右转。

一个身穿黑衣的年轻人为她打开沉重的橡木大门。他接过她的外套，衣帽间里摆满了彭哈利根香皂和柔软的白色毛巾，她换上鞋子，再次补妆，然后由人领着她穿过走廊，那儿摆放着一棵巨大的圣诞树，树上挂满了好闻的松果装饰、透明玻璃球饰物和金色雪纺绸蝴蝶结。接着她被领进一间房间，里面圆木火烧得正旺，到处都闪烁着烛光灯光，大约有三十位客人，柔光下他们的脸像面具。那些年轻女子全都穿着高级定制礼服，而上了年纪的女人们，尽管染了头发，穿着最好的衣服，也许正是因此，看上去仍然有种她们周遭的土味。尤金在房间另一头，跟几位客人在聊天，虽然他看见了她，也并没有马上走过来打招呼，她只好跟周围的人自我介绍，说她是谁。最后，他走了过来，虽然个头很高，曾经浓密的头发却日渐稀疏。他手里端着一杯威士忌，穿着一件灰色短丝质衬衫，啤酒肚显出来，令他减色不少。

欢迎欢迎，玛莎，他说着倾过身在她脸上啄了一下，她闻到他口中的烟草味。你来了真好。我们有段时间没见了吧？喝点什么？他问。他朝那个打开大门的年轻人招招手，玛莎想那小伙子准是那些受益于爱尔兰新繁荣的东欧人。

香槟？

谢谢你，尤金，香槟就行。是的，有段时间了，是不是？谢谢你的邀请。你怎么知道我在这里？

消息传得快，他说，并没有笑。我猜你开车去过汽车修理店。

我去买打火机。原来是这样？

他们正聊着时，有个年轻女人走过来，宣告主权似的挽住他的胳膊。尤金没有为她俩做介绍。这女人有张冷淡的马脸，纤细的金发，裙子太短。她至少比尤金年轻二十岁，可是嘴角、眼角已经出现细小的皱纹。玛莎模糊记得他结过两次婚，所以她不确定这位到底是他妻子或女友或仅是他今晚的女伴。

大家应邀在餐厅里落座。壁炉内巨大的圆木燃着，照亮了厚重的织锦窗帘、餐桌上的装饰、挺括的锦缎桌布。她心里纳闷这些大木头是从哪里来的，因为这周围树很少，后来才意识到可能尤金家屋后大山边上那一大片商业种植松树林都是他的。云杉树枝装饰着壁炉台，烛火在银质烛台上闪烁跳动，透过高高的窗户给外面黑暗花园四周的潮湿草本植物打上一圈圈红色光晕。壁炉两旁各有一个巨大的皮沙发。这地方透着一股昂贵乡村俱乐部的味道。玛莎知道尤金在金塞尔附近还有一套房子，他在那儿有一艘船，有时去航海，在都柏林还有一套顶楼高级公寓。她不知道他是怎么发了大财的。布兰登有次曾提到过他在芝加哥有一家跨国律师事务所，八十年代时处理过一些复杂的地产交易。不过也有些流言蜚语，说他在南非、扎伊尔、中国都有生意。本地人不知道实情，往往喜欢添油加醋。夜色渐浓，玛莎认出了一两位她以前见过的客人。一位是西恩·肯尼迪，本地建筑商，上次见他时，他还站在梯子上更换沟槽，据说他在瓦伦提亚岛上建度假屋发了财。另一位穿粉红色开司米毛衣的小个子男人，一口阿尔斯特[1]口音，是个财务顾问。餐桌另一边坐着一家连

1 位于爱尔兰岛北部。

锁超市的总裁及其肉毒杆菌打太多的夫人。总裁身旁坐着本地拍卖商，他的大肚子被紧紧地束缚在浅紫色衬衫下。似乎这儿每个人都跟财富或地产有关。在长餐桌的当头，是她认识的另一张脸，西莫斯·欧沙利文，当地医生。

可是这个地方已变得完全不认识了。那年夏天，大约二十五年前，她觉得自己好像来到了世界尽头，欧洲的最西端，再往西她可能就会掉进海里了。而现在，在欧盟的帮助下，这地方一股暴发户的铜臭味。房屋如雨后春笋般竖起来，破坏了参差不齐的海岸线。在泥泞的田野边，那些丑陋的平房，有着水泥圆柱门廊和蹲立着的石头狮子，像是八十年代肥皂剧《达拉斯》中的东西。乏味的郊区房屋没有任何建筑美感，紧挨着破败的木屋而建，那些木屋的屋顶尽数塌陷。银行借钱给全副身家不过一辆二手车或一辆生锈拖拉机的人。为了在边远村庄周边建上一排又一排的高级住宅，开发商给当地政府财政送钱。那些地方太远，但没有人考虑过出行通勤的问题。这些粗制滥造的房子建给谁住？爱尔兰总共才四百万人，绝对没有足够的人口来填满这些房子吧？

这儿人人都穿着名牌衣服或高级定制服，喝的是香槟而非健力士或其他烈性黑啤。自由的爱尔兰空气如果装在瓶内可能会更受人欢迎，因为它将买得起它的人和买不起它的人区分开来，这些人就像突然中了彩票却不知道如何花这笔意外横财一般。多年来，这个国家一直恐惧于贫穷和人口流失。对老一辈而言，新平房意味着自来水和室内厕所。现在这些引人注目的财富和未售出的度假屋热潮是这样粗鄙，人们对那些独一无二的东西的消逝、对这片原始土地的破坏丝毫不以为意。

坐在玛莎旁边的是一位从都柏林来的外科整容医生，冬天皮肤也晒成古铜色，身穿定制西服，手腕边看得见大大的蓝宝石袖扣。他告诉玛莎，他刚从塞舌尔回来，打算在基拉尼再开一家诊所。

这儿许多人想隆胸，他说，或者去皱拉皮什么的。总体上说，爱尔兰的女人们鼻子不大。大部分想修整鼻子的人来自雅典、伊斯坦布尔或特拉维夫。

在她右手边，一个男人面容棱角分明，穿着挺括的白衬衣，纽扣直扣到嗓子处。他问玛莎来这里做什么。她发现自己也不知道来这儿做什么，便含混地说她来这里是来整理已故丈夫的遗物。

你呢，她问，想转移他的注意力。你是这儿的人吗？

当然，我是凯里人，土生土长的凯里人。我是个园艺师。我没办法在别的地方生活。请注意，我试过了，但是不行。不过我是英国园艺迷，很喜欢那些英国女园艺师。她们虽然铁石心肠，可是在紧急情况下却遇事不乱，她们非常实际、非常理性。

他笑着靠得更近点，露出一口整齐的白牙。

她记起了上次来凯里时的感觉，你很难将这里的人归类。一个园艺师，然而，他的谈话中却常常提及叶芝和乔伊斯，提到锡辛赫斯特[1]的布局。

你没法不崇拜她，那个维塔·萨克维尔-维斯特，他还在

1 英国南部一座城市，以园艺闻名。

说。她可能是个英国人，但她知道如何打造一个花园。我也玩音乐，只是自娱自乐，纯粹是喜欢。我在蒙古的寺庙里学会了弹三弦琴。

这奇异的真相袒露并没让玛莎觉得奇怪，倒是她的这位同伴有点坐立不安。她纳闷爱尔兰人的灵魂里到底有什么东西，让他们要去寻找那种极致的孤独，将那些早期的修士们送到斯凯利格那寸草不生的岩石上去。他和他们都在逃避什么魔鬼?

酒酣时分，有位身穿闪亮珠片开衫的女士唱起了《丹尼男孩》。接下来，又有人唱了《我梦见我住在大理石殿》。有些人的嗓子真不错，不过其他表演者不过是酒兴大于才华。傍晚慢慢过去，玛莎开始意识到晚会上弥漫着一股反英情绪。不过并没有人在意她在他们中间。不管怎样，她有点自卫地想，北爱问题期间，她的父辈们甚至不在英国，更别提克伦威尔统治时期了。那时他们住在某个俄罗斯犹太人定居点，自己还有麻烦呢。

人们开始往隔壁走去。房间那一头有人吹起笛子拉起小提琴，有几对人开始跳舞了。人人似乎从孩提时代起就懂得舞步和曲调。她在一旁看着，这时西莫斯·欧沙利文朝她走来。

又见到你了，我真高兴。这么久了，玛莎，他说着伸出手来。听说你丈夫去世了，我很难过。我喜欢布兰登。他来这儿时，我们有时候还一起喝啤酒，探讨国家大事，以前我只聊孩子谈拇囊炎之类的，跟他在一起多少有点儿文化了。

接着，还不等她拒绝，西恩·肯尼迪已搂着她的腰，飞快地把她带到舞池中央。尽管他上了年岁，膀大腰圆，脚步却很是轻盈，大而多肉的两手灵活牵引。她看到远处沙发上，尤金和他的金发女伴喝着威士忌，抽着大雪茄。旋转结束后，跳舞的人们喘口气，小提琴手拿起吉他。他的嗓音低沉沙哑，发自胸腔深处，令她想到风在泥炭沼泽地里呼啸，她听得简直要哭了。

转眼到了午夜时分，人人都在拥抱吻别。西恩走过来，拥抱了她一下。从他肩头，她看到那位粉红开司米男士凑过脸要亲吻他妻子的嘴唇时，妻子扭过头去。她真讨厌新年夜啊。她简直不知道自己在这群陌生人中干什么，这些人彼此自出生起便认识，他们一同长大，一道上学，跟彼此的表亲结婚。可是她待在哪里才算合适呢？她不想去思考明年会怎样，出于同样缘故，也不想考虑去年如何。她不知道园艺师去哪儿了，便去找，可哪儿都没看到他。于是她溜出来拿到外套，没有跟尤金道别就走了。明天早上，她会给尤金写个道谢的便条。

她驾车回家。云层横遮住月亮，天空里繁星密布。她打开门，灌满热水袋，躺在床上，听着波浪声拍打下面的岩石，想想她打算如何度过余生。

星期一

1

海峡上空一道道粉红的云，岛屿像鲸鱼般自灰白的大海中浮出，除了屋檐下传来风声，四周一片阒静。玛莎坐在床上，望向小窗之外，光线从桃红到蓝中带灰，再到银灰，她心里盘算着今天做点什么。她应该出去走走，可又想清理完布兰登的东西。她真的不了解布兰登，几乎连他的相貌也忘了。她闭上眼，尽量回忆，高高的前额，向后退的发际线，灰色眼睛周围的笑纹，他长长的手指真像画家。可是她能凑合应付的只有那日渐褪去的记忆，关于那个男人的记忆。三十年来，她每天醒来时，躺在身边的都是他。

她拿起他的素描本。小幅画作和水彩画，画的是格子般的干石墙和参差的悬崖，松散的印象派笔触。他准是爬下去，在那些卷起的浪头拍打着的岩石上，才能更好地看到那些岛屿。想到他有恐高症，这样做真让玛莎吃惊。她在脑海中想象他身穿防水外套，头戴旧帽，拿着素描本，口袋里还装着一听水彩，小心翼翼地爬过那些溜滑的大石头。用铅笔草写的一条条笔记：火星黑、佩恩灰、中国白，还有其他观察细节：黄绿苔藓、门柱上缠绕的蓝、风雨侵蚀的石头小十字架/灰色/赭黄？仿佛他想把一切都定格下来；仿佛通过这些观察，他可以逃避那些时刻，那些他的感觉似乎比外部世界更为真实的时刻，那些一切都是泥和雨的颜色的时刻。

她一直认为布兰登本质上是个城里人。不管在伦敦还是在纽约，你总能在画廊和图书馆里找到他。城市中有些世故的东西，它们需要派头和厚脸皮。而与之相对的另一面，荒野，剥去一切外饰，只留下最本质的自我。布兰登热爱圣艾夫斯，因为他热爱与之相关的那些画家。城市生活界定了他是谁：艺术商和作家。他喜欢参加各种开幕式和预展。在那些场合下，他可以碰到很多同行，也可以就着精美小吃和一杯夏敦埃白葡萄酒，同馆长、记者们侃侃艺术。他从来无须过多谈及自己，最多不过就最近的查尔斯·萨奇创下的拍卖价格说说自己的看法，后者在市场上卸下另一批艺术作品，进入了收藏的另一层境界。在格劳乔跟朋友见面吃饭，或去纽约参观画展，没有什么比这些更能令布兰登快乐的了。

我们的生活如此繁忙，以至不忙会被视为现代人之不足、无法胜任的证据，会被视为我们不再重要的证明、供过于求的证明、我们走下坡路的证明。一本记满会议和工作午餐的日记强调了我们很受欢迎，说明我们是个人物。可是，当这一切全拿走后，除了一个我们也不认识的自己，还剩下什么？

所以布兰登要来这儿？坐在悬崖顶上，仰望变化莫测的天空，与他所遗失之物取得联系？

2

八十年代末的那个夏天，他们本打算去一次斯凯利格。不知怎么，那些神秘的岩石惹发了布鲁诺的无尽想象。为什么修士们会住在大海中央？修士们吃什么？冷不冷？他们找到一本当地历史书，上面有蜂巢石屋的图片，布鲁诺小心地描摹到练习簿上，还仔细涂上颜色。多云的日子里，他们站在高处，竭力透过迷雾看一眼那峭壁。天气晴好时，它们似乎离得很近。

如果人们能游过海峡，那有没有人游到过斯凯利格？

不可能，她回道。太冷、太难了。洋流变化莫测。

我们能去吗？求求你了。

“好，要是明儿天晴，准让你去，可是你得很早起床。”

但是等他们下到码头打听出发时间时，天气已经变了。

他们在这儿逗留的最后几天就关在屋里哪都不能去。布鲁诺清晨坐在炉子边剪贴，从几册旧的《爱尔兰乡村生活》上剪下兰博基尼、一匹马球马、巴哈马一幢有蓝色游泳池的待售房屋。她看着他手拿剪刀小心地沿着图片形状剪着，然后用一管大大的蓝色牛胶将它们贴到剪贴簿里的离奇情节中去。当时收音机都没有，更别提电视了。晚上，他们玩扑克牌或大富翁游戏，这个企业王国要建帕尔商场和梅费尔高级住宅区。或者大声朗读。《霍比特人》以及《泡伯没有脚指头》是最受欢迎的两篇。不知怎么回事，她爱用爱丁堡口音来读，总是逗得布鲁诺哈哈大笑。她多么怀念那些时光啊。傍晚天凉，布兰登仍埋首书桌。她就着炉子里的火光给布鲁诺读书，布鲁诺坐在她脚边。她真想让他们永远停留在那琥珀色微光中。她弯下腰，嘴唇拂过布鲁诺的头发，要他放下手中的剪刀和胶水，刷牙去，该上床睡觉了。她心中想：布鲁诺很快就不会这么无忧无虑了，这种日子很快便会过去。他会走出去，走进这个世界，独自闯荡。

第二天，也是他们在这儿的最后一天，浓雾笼罩住了整个海岬。

布鲁诺，今天去不成斯凯利格了，布兰登说。她觉得，他的语气也太生硬了。

他们往车上装行李，准备去罗斯莱尔，过渡口，回家。她明白儿子的失望，便许诺道，明年他们肯定会再来这里，到时候一定去斯凯利格。但是她知道，内心深处隐隐知道，虽然她做了保证，可他们没能成行，她的辜负将伴随布鲁诺一生。

3

布兰登从没提起过，然而读他的笔记，玛莎才发现他一定独自去过斯凯利格。他是从海岬对面的一个小渔村波特马吉出发的。第一条横跨大西洋到达纽芬兰的电报就是从那个渔村发出去的。布兰登在一本笔记里，这样写道：

> 我们突突突地驶到空旷的海面，这里浪头很大。先经过矮矮的柠檬礁，然后是小斯凯利格岛，它像小孩子画的画一样参差不齐，由于塘鹅在那儿安家，小岛看上去几乎一片全白。但是我们的目标是圣菲尼安海湾西北偏西7¼英里和往北1/4英里处的斯凯利格圣迈克尔岛。斯凯利格从海洋深处浮出水面，像长着鳍的海怪。我们到达时，由于浪头太大，下船上岸有点麻烦。我手脚并用爬上小码头，开始攀登那危险的手凿台阶，这时才意识到这个地方的独一无二。我恐高，害怕脚下滑溜的走道，完全没有扶手栏杆，下面是一落千丈的大西洋。两三年前有个美国人就因失足掉落身亡。可是，面对着鸭蛋壳般的灰蓝天空下那群椭圆形屋顶的蜂巢石屋，我的心毫无防备地被打动了。我见过中国的长城、伊斯坦布尔的蓝色

清真寺和格兰纳达的阿尔罕布拉宫，可是这儿才是我所到之处中最为非凡独特的。你无须一定要是传统的信徒，也同样会被这地方打动。它神圣只因它存在，不仅位于一块大陆的尽头，而且位于人类想象的尽头。我们每一个人都需要个机会来重新发现事物本质，找到与我们的梦想和失落吻合之处。当一切都不存在时，大海和天空还在。

古时候那些修道士们，追随沙漠隐修士的传统，相信只有从俗世中抽身才能变得神圣。公元六世纪时，这块岩石成了那些科普特人[1]而非罗马人的藏身之所。当时，爱尔兰修道院制度与天主教修道院常规不一致，天主教修道院制度是后来以本笃会和熙笃会等欧洲大陆修道院为范本制定的。凯尔特人聚居区必须与修道院分开，它是由围绕教堂而建的分散建筑组成的定居点。在斯凯利格迈克尔岛上还有一块受大风侵袭的小小墓地，死去的修士都埋在那里，因大西洋风暴的侵蚀，墓碑破损不堪，无法辨识。从上岸开始，平台和三层阶梯全凭徒手建立。修士们仅有的工具就是铁锤和凿子，一两根铁撬棍，皮袋子和几根绳子做成的原始滑轮。

难道真的只是简单的信仰问题吗？难道只是早期凯尔特基督徒和罗马基督徒之间关于复活节准确日期之间的教义分歧吗？这个分歧迫使他们远走大西洋中央，将他们的命运交诸上苍之手，他们随波逐流，接受命运。根据传

1 指埃及的基督徒。

说，圣菲尼安和他的同伴所做的首次航行，是伟大的爱尔兰传统“在上帝之爱中徜徉”，其目的不是为了改变他人的信仰，据另一位出发去爱奥那的修士阿尔多南宣称，其实是为了“在无边无际的大海中寻找沙漠”。这是为了静修冥想，忏悔自己的原罪，接受终生的苦行、饥饿和长年的潮湿。它让修士们觉得自己是殉道基督的真正门徒。他们的目标是谦恭服从，不惜将自尊践踏于脚下，在存在锁链[1]中服侍圣体。中世纪人们的聚居区都折射出封建等级制度，领主与农奴、主与仆、夫与妻、父母与子女。整体利益高于局部利益。希伯来一神教的这一分支包括了实际上《旧约》犹太主义所没有的信仰，是对一个单独、无形且永恒的灵魂的信仰。黎凡特诺斯提教派鄙视肉体，他们将肉体视为灵魂的囚牢、邪恶趣味的温室。早期基督教教义中可见这种观点。

我们很难理解中世纪的观点。我读得越多，越发认识到他们的世界观跟我们唯物主义世界观完全不同。仿佛自我意识尚未创造出来，如果它偶尔令人不快地露面，也会马上受到严惩责罚。这类审判仅是为死亡和来世做准备。

十三世纪时僧侣们离开斯凯利格的原因尚不确定。天气变化？或者始于维京人强奸、抢劫导致的社会变革？谁知道？幸运的是，我无须通过如此极端的方式来体验

1 存在锁链（Great Chain of Being），中世纪基督教中关于万事万物的一个严格等级结构。锁链的顶端自上帝开始，依次向下为天使、恶魔（堕落的天使）、星星、月亮、国王、王子、贵族、平民、野生动物、家畜、树木、其他植物、珍贵的石头、珍贵的金属以及其他矿物。锁链中任何一环都不可上下移动，随意移动位置会破坏整个宇宙的秩序条理，违反天意。

一点小小的自省，然而摆脱所有支撑凡尘俗世的事物也是一种考验。它让你深入内心世界探索自我，而这个自我大部分时间都被关在一扇标有“隐私”的门后。当然，如果所有其他方法皆不可行，总还有酒吧在等着你。

玛莎被丈夫的这段心声打动了，真希望他俩一起去斯凯利格，可看来布兰登想独自去。为了生存，僧侣们将索套固定在柱子上，攀上岩石抓海鹦和塘鹅，把它们塞进绑在背后的帆布袋里。鸟身上的所有东西他们都利用起来：肉、羽毛，甚至刺管，因为每捉一只鸟都得冒巨大风险。她闭上眼睛，尽量想象这种自己选择的困乏生活，日复一日，千篇一律没完没了的服从，以及发臭的海鸟、无伴奏的男声吟诵。她可以在脑海中描绘出他们饱受风湿病折磨的样子，晨祷的钟声唤醒他们，在黑暗的大雨中，他们费力地走向冰冻的小教堂，皮拖鞋踢踢踏踏拍打在岩石上。饥肠辘辘、浑身透湿，在大西洋的冰雨里，他们怎么能让那湿透了的厚重羊毛教袍变干呢？

可能僧侣们跟后来在这儿的灯塔看守人也没多大区别。他们摆脱日常工作和世俗社会寻找圣所，他们擦亮大灯、剪灯芯、耙松花园里的废地，种几行矮小的羽衣甘蓝，他们寻求内心的宁静。他们逃避亲密，是不是因为爱太脆弱易受伤害？这儿没有寻常的书信和报纸。周复一周，只有同样的海浪拍击着乏味的岩石。海鸟在猛烈的暴风雨中冲向灯塔。她并没有迷上大西洋上的一块岩石，不过，也许，她来这儿的原因也没有太大的区别。

她在睡衣外披了件抓绒衣，便去刷牙。人与人之间是何等晦暗不明啊，她满嘴泡沫站在镜子前面想。在我们的黑暗时刻，彼此之间能提供的安慰又是何等之少。别人无法回应我们内心最深处的需要。布兰登那没完没了的乐观腔调、拒绝讨论纠缠他们的那件事，简直让她抓狂。难道她不也常常想要逃跑吗？那时，她溜出家门，跑到单调乏味的伊斯灵顿，经过那些有台阶的屋子，经过窗前的赤陶瓦罐，一路走下去，直走到摄政运河的纤道上。在这座城市的漂流物和零碎弃物中她才感觉放松。酒鬼们拎着褐色纸袋，里面装着一听听坦能特级啤酒。孤单的钓鱼人手握弯弯的鱼竿，旁边是装着三明治的百里惠塑料午餐盒，玩滑板的男孩们反戴着棒球帽。她在靠墙的一张长凳上坐下，身后的墙上全是涂鸦，她看着鸭子们一头扎进水里抓水螺，想镇定下来。她不去西斯公园，那儿有太多记忆。他们在那儿放过风筝，在池塘或海滨浴场游泳。西斯谷附近的那棵特别的树，枝丫低低地伸展开来，那是布鲁诺最爱爬的树。她仿佛还能看到他第一次爬到树梢的样子，像个登山者一样得意扬扬，朝她挥手，仿佛他征服了整个世界。

她深吸了一口气，伸展四肢，想甩掉夜晚的气息。近来，她参加了一个瑜伽班，不是太好，不过当她做下犬式或肘撑而大汗淋漓时，倒是能让不停歇的大脑安静一会儿，拉伸肌肉让她觉得很享受。身体上的努力取代了精神上的紧张。她正加热一杯牛奶准备泡粥时，有人敲门。一个人头戴羊毛帽，帽檐压得低低的，只看到酡红的脸颊，头先探进来，然后是矮胖的身体，穿着一件没形没款的超大套头毛衫，下面一条旧旧的运动裤。

很难看出面前这人到底是男是女。

我叫玛丽·诺兰。这人自我介绍说，同时伸出一只长满老茧的手。大家都叫我泥炭玛丽。我过来看看你的泥炭够不够用。我们以前总是为布兰登提供泥炭。他去世真太可惜了，六十岁真不算老。如果你需要什么，尽管告诉我，我儿子科尔姆会给你送来的。你不用自己费劲搬这些又脏又重的袋子，她说着用力往桌上拍下一张写着手机号码的卡片。

你真好，诺兰太太。你瞧，我刚在准备早饭。我想等天晴了，就出门走走。

诺兰太太？这是什么鬼名字？大家都叫我玛丽。

那好，玛丽，我能请你喝杯茶吗？

谢谢，不用了。希望你一个人在这儿一切都好。这地方破旧，风又大。如果你需要什么，打个电话就行。你已经有我的电话号码了。

4

尤金·瑞奥登醒来时头很重，想发脾气。他不该喝那么多。他讨厌派对，特别是讨厌自己开派对。既然他根本不喜欢这种事，为什么还要做呢？昨晚直到三点才上床，不该抽最后那支雪茄的。现在喉咙好似砂纸般粗糙，舌头肿大。新的一年以头痛开始，可不怎么好。总而言之，只要西沃恩不躺在他身边摩挲他的大腿内侧，他宁愿头痛。此刻他不想做爱，连话都不想说。西沃恩下颏上长了一颗痘痘，那黄黄的脓包看起来随时会爆。他只想一个人待着，让自己的头痛好受点，然后随便套件什么旧衣服，带着狗狗们去海滩。他喜欢它们沉默的陪伴，给它们扔一点浮木，它们便跑过湿湿的沙滩去捡拾回来。她为什么老是回来？她一再强调对他的钱不感兴趣，只是想和他亲近。可是他却拿不准自己想不想跟谁亲近。她常常趁着他赴宴，喝威士忌喝得飘飘然之后，在深夜这样向他表白。她习惯这样盯着他的眼睛，做这种他没有任何感觉的表白，然后太过热切地告诉他，他这是“否认”，他“没有探寻了解自己真实的感情”。好吧，也许。可她似乎想要的那种亲密关系，他在经过两次失败婚姻后，明白自己对此实在没有天分，无法给予。他不懂女人想要什么，她们期盼什么，他又该做什么或说什么。他不爱她。实际上，除了奶奶，他觉得他谁也不爱，可奶奶在他五岁时就去世了，而那完全是另外一种感情。

情欲。他觉得他对各种不同的女人都有欲望，这种欲望更激发起他的占有欲。不过，近来他甚至不确定自己对性爱是否还有兴趣。没错，他确实喜欢夜里他床上躺着女人，因为他从小就怕黑，可是他得为短短几个小时的安慰付出高昂的代价，早餐时得聊天，或者接下来的这天得为一顿午餐做出种种安排。他宁愿跟他的会计师待一上午，或者出去打猎也行。

想到这儿，他想起他得打个电话问问勃洛斯海德的那块地到底怎么回事。律师向他保证过会加快处理。他要尽快跟地方议会厘清此事，可是土地收购却一再延误。建筑师已经送来第一份草图给他过目，他觉得还不错。从那里可以一览无余地看到斯凯利格，建成后将是全爱尔兰最昂贵的水疗休闲中心。实际上，他为此很是兴奋。水疗中心，那是未来之所在。它们得有品位，当然也值得投资。建筑师来自都柏林的一家年轻事务所，获得过建筑设计奖，他们建议采用卡拉拉大理石、热带硬木和大量平板玻璃来展现当地迷人的风景。他们想在整个水疗中心配以一点点禅意。室内的瀑布飞流而下，冲到天然大石头上，再流入入口处满是锦鲤的小溪流中。一座日式庭园。他希望借此吸引都柏林来的阔太太们，还有那些来自伦敦、巴黎，甚至中东和纽约的阔太太，以及来自俄罗斯的新贵们。现在这些人全都身着阿玛尼西装，手戴镶钻劳力士手表。水疗中心不仅有极可意水流按摩浴缸和蒸汽浴室，还要有香薰疗法和热石疗法。大量雪白的厚毛巾、与之相配的浴袍。用海藻或海草全身裹敷算是最新事物，还有浴盐磨砂去表皮。他一直在研究，找到一家独家代理商专门从死海进口盐。他还要提供顶级料理，成为爱尔兰西海岸最好的餐厅。当地新鲜的牡蛎、鳕鱼和龙虾，再挤几滴柠檬汁。搞点新意思，在传统爱尔兰美食中融合一点亚洲元素。他一直在寻找顶级厨师，也许是米其林一星或二星的厨师。他正在接触一名曾为赫斯顿·布鲁门索工作过的厨师，同时也在四处物色侍酒师。他看上了一位都柏林的年轻人。泳池边还要有个果汁吧，那是为那些接受脱瘾疗法的人准备的，没有酒精的鸡尾酒，配以顾客自行选择的水果或蔬菜。也要有一间天然有机餐馆，提供长寿健康饮食、无麸质饮食菜单。金色亚麻籽似乎现在很流行。还有omega-3。他得赶紧追上最新的营养潮流。他想要吸引的客户不光是太太们，还有为舒缓紧张压力而来放松休闲的职业经理一族，外加公司组织高级管理人员联络男性情谊来个周末度假。打完高尔夫后，来个按摩，做点胶原蛋白面部护理。细心周到的护理不再是专为姑娘们准备的了。

可是有障碍。山上有三块小耕地还待处理。凯利家的不成问题，基根兄弟的也不是问题。他可以把它们全买下来，但是住在白色小木屋里的派迪·奥康纳，嗯，要让他搬走比较麻烦。他家在那儿耕种有好几代人了，他对钱没兴趣。尤金还得跟玛莎谈谈她那块地底下的通行问题。

西沃恩的手越来越急促、越来越坚决。他要么起床，要么就得回应。虽然他跟她分手过好几回，她总是想法子引诱他，又回到他生活中来，比如插手新理疗室的色调、研究日式庭园的植物等等。有耙纹的沙砾地、极少的植物，这个想法很符合这里的气候。他正在考虑建造些夏季度假小屋，天气好时，客人们可以私下散漫闲逛，度假小屋要能直接看到斯凯利格。

可是西沃恩总喜欢不请自来，还带来无数的织物样本，做椅套的、窗帘的，还有好多本《家居与园艺》杂志，以及关于植物和庭园设计的书籍，她把它们摊在起居室地板上。最糟的是，画作漫延到整幢屋子。有两幅挂在楼梯上，一幅在大厅里。她把自己想象成收藏家，喜欢被人认为她支持本地艺术家，参加他们的画展预展。可是尤金讨厌她买的那些东西。许多画作在他看来像是狗在画布上抖落身上湿湿的毛留下的印迹。这种画在伦敦和纽约可能有人追捧，但他不喜欢。他疑心这算是一种“皇帝的新装”。布兰登一直跟这种东西打交道，这类画作往往最后被挂在博物馆里，或挂在某个富有的美国收藏家的高级公寓的墙上。多年来布兰登一直试图教育他，但没什么效果。现在人人都是艺术家。他们在这儿已经泛滥成灾，不管是谁，只要他们觉得自己有一丁点儿创造力，便能获得减税优惠，他们在每家空置的水果蔬菜店里创立他们的画廊。西沃恩跟几个这种人交上朋友，一直催着尤金为水疗中心买些他们的作品，而尤金呢，觉得那些东西就是矫揉造作的垃圾。胡乱的条纹与涂抹，哪有技巧可言？如果让一半这类所谓的艺术家拿起一支笔把他们自己的狗狗画下来，估计大多数人都画不出来。如果他们能画出别人看得懂的东西，他倒也乐于资助他们。他甚至正式花钱请一位画家来画他的家，他挺喜欢的。画得不错，至少你能看懂画的是什么。如果他雇用一位会计师，他希望那人懂得税收。如果他买一幅画作，他希望那画至少有点技巧，而不是半小时内用粉刷匠的油漆刷捣鼓出来的东西。当西沃恩把这画从起居室的壁炉上方取下，换上一幅她朋友的漩涡斑点大作时，他很生气。那幅画就像有人把建筑商的油漆泼洒在帆布上一样。他坚持让西沃恩把他的画挂回去，把她那可笑的帆布画连同她自己一起带回都柏林去。

真的，他得跟她一了百了，彻底结束。可她的地位还挺稳固。他犯了个错，仅仅因为她学过六个星期的灵气疗法，就向她咨询其他备选疗法。突然间，她成了备选药物专家、水晶专家、印度香薰耳烛专家、顺势疗法专家和针灸专家。可是他对被堵塞的能量通道、脉轮或压力点什么的毫无兴趣，他感兴趣的只有商业计划。

麻烦的是他一点也不喜欢她了。他第一次遇见她是在高尔夫俱乐部的晚宴上，她陪她父亲一道出席。当时她父亲刚刚帮他赶走了一个麻烦的租客。她的恭维让他感觉很好。有一段时间，她的调情还挺有诱惑力，可是她男孩般的身体、小小的乳房让他烦。他一直都喜欢那种曲线婀娜的女孩。他必须结束这段关系，彻底摆脱那无处可逃的哭闹喊叫，这样他才能专注于他的计划。他其实只想独自一个人，也许偶尔来段风流韵事，但他不需要人一直陪在他身边，也不想不得不向谁解释或证明自己，为自己开脱。

他懒得起床，就躺在床上盯着天花板，尽量不去回应西沃恩的手。恺撒正在抓挠着门，吵着要进来。西沃恩不在的时候，狗狗们都跟他睡，它们扑通一声趴在床脚，用它们肮脏、仆人般的存在来温暖他，把它们湿湿的鼻子贴到他脸上，叫醒他，放它们出去。现在它们很恼火。他要起床。可是，西沃恩用手肘支起身子，头发瀑布似的垂下，嘴唇上上下下慢慢地亲吻着他。他没有力气拒绝，虽然恺撒还在门口抓挠哼哼。

玛莎·卡西迪来参加他的晚会，他有点吃惊，邀请她只是出于好奇。他去汽修店买火柴时听说她住在山上的小木屋里。他从没想过会在这儿再次见到她，不过她来得正好，他正需要她的支持。布兰登走了，他猜她对这儿发生什么也不会太上心的。即使她想保留那座小木屋，虽然看似不可能，她也不可能想要那块地。他和布兰登是老相识。他的父亲认识他父亲德莫特，在他父亲之前，还认识他爷爷。他们还是孩子时，他俩，还有布兰登的弟弟迈克尔，一起在海滩上玩，钓鱼、架篝火。他以前从未那样玩过。这是他最接近于有个真正朋友的时候。现在他那些所谓的朋友只不过是商业伙伴。八十年代时，他见过几次玛莎，她令他相当反感。她身上有种太过英伦的气质，寡言少语。他完全猜不出她在想什么。

他甩开西沃恩的魔爪，打算起床，洗个澡、刮胡子，可是她抓住他的胳膊把他拖了回来。

别走，尤金。你还头疼吗？要我给你拿些阿司匹林吗？来吧，回床上来，我会让你更舒服的。我给你按摩，我有一款很棒的天竺葵精油。急什么？今天是新年，我们没事做。她说着双臂搂住他的肩膀，这姿势让他感受到她小小的乳房，那小小的乳头紧紧贴在他后背上，她有点口臭的气息喷在他脖子上。她的手指沿着他的脊柱一路向下，他的意志力瓦解了。他转过身来，意识到自己正在拼命挤压她，双眼紧闭，很快便在她体内清空自己。

5

玛莎正准备出门走走，一辆红色小货车在门前停下来。一个身穿格子衬衫、头戴羊毛帽、高高瘦瘦的年轻人从驾驶座上跳下来，随手砰的一声关上车门。

这些东西放哪儿？他边问边从后面拖出两袋东西。要我说，如果你还有地方的话，最好放里面，别让它淋湿了，是那儿吗？

你准是科尔姆。

他点点头，把左肩上的蓝色塑料袋扶稳，扛着它进屋去了。

放这儿行吗？他问。没等她回答，他就把袋子里的东西倾倒在篮子里，然后伸手拿过火炉边的畚箕和扫帚，把地上的残渣碎末打扫干净。

他穿着满是泥巴的工作靴蹲在炉子旁，长腿上的牛仔裤绷得紧紧的。玛莎注意的是他的手。紧绷的皮肤下的每个关节，手腕从磨旧的袖口伸出来，骨头突突的。

你就是那个小提琴手，对吗？那天晚上，在晚会上表演的是你吧？你戴着这顶帽子我没认出来。

没错，是我。他回答道，把畚箕放回去，再把厚厚的伐木工衬衫塞进裤子里。这下应该够你用个几天的了。

谢谢你帮了我个大忙，能请你喝杯茶吗？你瞧，我正想出去走走的，天又开始下雨了。

他取下帽子，用手指梳理那乱糟糟的头发。

如果不麻烦的话，就喝一杯吧。我东奔西跑了一整个早上。

恐怕我没有饼干了，只有些放了很久的格雷伯爵茶。我还没有去商店好好采购过。

他接过玛莎递过来的茶杯，不放心地闻了闻。

那天晚上你唱的歌我很喜欢，她说。你不送泥炭时是不是就唱歌？

差不多……

什么？

没什么。我是说我只是和我朋友尼尔一道玩玩而已。他是那个吹笛子的。我也写点歌，请注意，不是专业的，还不够专业。不过，我们希望很快能出一盒录音样带。我现在给我妈帮个手。我妈就是你见过的玛丽。勃洛斯那上面的羊是我们家的。现在这儿只有我了。凯瑟琳——我妹妹——去了都柏林。她是位助产士，对牧羊没兴趣。这么说来，你喜欢这个风大的破地方，是吗？

嗯，我很久以前来过这里。那时候是夏天，我对这儿的回忆相当复杂。但是它美得让人难以置信。我爱站在大海最边上的感觉。回伦敦后，感觉这儿是那么遥远，但你一直住在这儿，我想感觉肯定又不一样。

是啊，有点儿。不过，这儿确实很美。看来雨停了，如果你想出去走走的话，现在就该出门了，这儿天气变化很快的。我也得走了，他说，把没喝的茶放在滴水板上。如果你还需要什么，给我们打个电话就行。说完，他提了提裤子，转身朝门口走去，又说道：

我听说布兰登去世了，我很难过。

你认识他?

是的，他说着戴上帽子。我们过去有时聊上几句。

顺道说一声，她说，你还没有告诉我泥炭多少钱。

五镑一袋。

运费呢?

哦，我也是顺路，他回说，你给个十镑就行了。

她掏出钱包，找出一张钞票。他顺手放进牛仔裤后面口袋里，转身上车，关上车门，点着火，顺着道路开下山去，轮胎下泥浆飞溅。她转身回屋时，天上的乌云慢慢分开，露出一线蔚蓝。

6

风很大，波涛拍击着岩石轰隆隆作响，她费力地沿着朝勃洛斯海德而去的那条峭壁小径往上走。小路很陡峭，她不得不停下来喘口气。小腿很痛，她还以为自己挺强壮呢。在弯道处，有间粉红色的小木屋，她停下脚步。尽管窗户里竖着一瓶落满灰尘的洗洁精，小木屋看来空置无人居住。由于没人打理，窗帘松垮地垂着。她走到门口，门上写着国立小学1899。她想象着孩子们从四下散落的破败小木屋里走出来上学的样子，雨雾中，赤足、饥饿，先给后院的猪或那群皮包骨的母鸡喂食，然后再抓紧时间学习几个小时的生字。每个孩子都得带一块泥炭去学校。可是，老师后背独占的火，没几个学生能沾到光。贫穷与政治，教会和迷信统治着这些勉强糊口的生命。

布兰登的小木屋，玛莎仍然把它看作是他的，建于上个世纪二十年代，当时村民离开远在山上的旧村落，估计他们厌倦了一觉醒来发现屋顶被风掀掉，像碎纸片似的吹到田野去了。人们一开始会在那里建造房屋真是难以置信，那儿没有遮拦，根本无法抵御恶劣的大自然。布兰登的爷爷在那里开垦了五英亩的农田，耕耘种植一垄垄的土豆、黑麦和燕麦。

他还喂养了一群羊和几头牛。在那种地方养活一家人会是种什么感觉？没有自来水、没有电，一年到头老是阴雨绵绵。他们肯定永远都是湿乎乎的——因为能在哪儿晾干衣服？身上闻去永远有股味道，泥炭烟味、潮湿的羊毛味和汗味的混杂味道。

在办立这所学校之前，由于十八世纪的惩戒法规定："在这片领土上，天主教徒不得开办公共或私人学校，教育指导年轻人学习……"孩子们只能在围篱学校[1]里偷偷学点东西。在干涸的沟渠里，在山楂树篱下，或在石头墙的角落里，古时候盖尔人法官偷偷教授爱尔兰文学、音乐、诗歌和算术，也涉及少许经典。在对这些小小社群的压制上，民族语言的式微几乎和枪炮一样有威力。威尔士和巴斯克地区也与此类似。随着民族语言的消亡，界定你是谁的语法记忆也随之消亡。农民家庭用腌熏肉片或一块黄油做交换以学习一点自己的语言。

她对爱尔兰历史知之甚少。在学校里，克伦威尔和威廉三世总与"爱尔兰问题"有关。她知道爱尔兰大饥荒和复活节起义，在大学里她读过叶芝的诗，知道都柏林的艾比剧院，知道辛格和泰隆·格思里，以及爱尔兰裔美国人尤金·奥尼尔。但是她的知道仅限于一串名字而已：毛德·冈、格雷戈里夫人、乔伊斯、贝克特、黑棕部队、迈克尔·科林斯、德瓦莱拉和新芬党。她还记得比尔·克林顿和约翰·梅杰为北

1 19世纪到20世纪爱尔兰开办的非正规、非法学校，旨在偷偷为天主教儿童提供基础教育。

部边界的和平所做的努力。BBC禁播格里·亚当斯的声音，找个演员来配音，多么可笑。不过，是伦敦的爆炸案才真正让她对爱尔兰政治有所了解。当波罗的海贸易海运交易所爆炸声响起时，她和布兰登还躺在床上。爆炸冲击力波及几英里，他们家远在伊斯灵顿，窗户玻璃都受到震动。圣诞节期间，她总是很紧张，担心爱尔兰共和军会利用假日在人流密集处搞爆炸。后来，在斯托克纽因顿的一个蓄水池内发现藏着的塑胶炸药，那地方就在附近。哪怕两耳不闻窗外事，生活还是被这些政治渗透了。

可是世界在继续前行。真相永远是片面的。每个画面都被这样或那样扭曲。事实并不完全是它们呈现的那样。自从双子塔被袭击后，爱尔兰共和军仿佛成了遥远的历史。她还记得布兰登从画廊打电话给她，让她打开电视，她一个人站在那儿看电视的样子。她站在起居室中间，看着恐怖漫延开来，惊呆了。她的目光集中在一个孤独的人身上，他像个深海潜水员似的在纽约上午的天空中翻腾。她想象着这个人早些时候在翠贝卡的某处喝咖啡吃麦片粥，跟妻子孩子吻别，然后搭地铁上班，怎料到这将会是他在人世间的最后一天？

她不知道谁拥有这座粉红色小木屋。当年它还是一所学校时，肯定只有一间教室。小小孩们在教室一头高声朗诵；教室另一头，大一些的孩子们在石板上演算算术。然后，没有任何征兆地，她回想起那一天，仿佛一辈子以前的事，布鲁诺神经兮兮地挣脱她的手，跑进学校大门，加入一群孩子当中。她站在那儿，喉咙里堵着什么似的，因为她知道，当她往回朝她的车走去时，有些不一样了。布鲁诺离开她，步入了自己的轨道。这是他离去的开始。她一上午都不放心，怕他会忘了上厕所。她想象着身处字母表、数字表、农场动物画中间的布鲁诺，在世界上寻找自己的位置。

她再度动身向山上走去，经过覆满青苔的石头墙，四下里没有一棵树，只有低矮的平房上方用作防风墙的松树丛，那儿有一只大白鹅冲着拴在绳子上的狗尖叫。

7

老相册里的页面已霉变褪色，泛黄的薄纸之间，固定相片用的透明玻璃纸角不够结实，有些都脱落了。她记得她拍过一些快照——在海滩上的那些——用她那架老式勃朗尼相机拍的。可是那些在沃特维尔的照片呢？是谁拍的？不可能是布兰登，因为他站在她身边。难道是布鲁诺？她的记忆如此不可靠。她盯着那些相片，仿佛只要她集中精神，她就能解释某些高深莫测的神秘，可它们是幽灵，机械幽灵。

整个夏天他们基本都待在沙滩上，剩下不多的有雾的日子里，他们便驾车出游。通常他们一睁眼便是蓝天，海湾里风平浪静。于是他们带着条纹防风围栏、毛毯、太阳帽、泳衣和防晒露，走过两旁种满紫红灯笼海棠的小路，沿着金雀花的小径走下去，走长长的路，在海湾尽头扎营。布兰登带了个小小的可折叠铝躺椅，这样他可以坐着看书。她仿佛还能看到他穿着旧卡其布短裤、头戴旧牛仔帽的样子，在城市里过了一个冬天后，他的腿很白，袜子上踝关节那一圈摩擦得光秃秃的。他的脚在不熟悉的凉鞋里很不自在，好像脚指头不是他自己的一样。她躺在浴巾上，沐浴在这意外的爱尔兰阳光下，头枕在胳膊上，透过指缝不时看看远处那个小小身影，跳跃着像波浪中的一条鲑鱼。

看我。你没有看我。

她躺在绿毛巾上，旁边是布鲁诺的沙地鞋、T恤。T恤前胸上有棵棕榈树的图案，格子短裤揉成一团。她望向远处的银色海湾。有那么片刻，她如此真切地感受到他的存在，她甚至能闻到他皮肤上干结了的盐。可那是另一种人生，那时的她是另外一个人。此时的她来这里是为了整理丈夫的遗物，没想到这些消逝了的灵魂会再度浮现出来纠缠她。如果来之前想到这一点，也许她根本就不会来了。她最后一次感觉自在身心舒畅就是在这儿，现在她早已忘了那是种什么感觉。她像个截肢患者，早已习惯了自己的损失。只是偶尔还有种幻觉，曾经生命中最重要的部分仍然和她在一起。活过这二十年，意味着她早已将情感放进盒子里，紧紧盖上不再打开。

突然她觉得好累，本想往上一直走到派迪·奥康纳的白色小木屋的，没有力气了。也许明天吧，如果天气好的话，她要爬到拿破仑塔，登高眺望隔着圣菲尼安海湾的斯凯利格。为什么那些奇怪的岩石能有如此之大的诱惑力呢？她想到赫布里底群岛上那幢旧房子里的拉姆齐夫人。她的小儿子詹姆斯从旧的海陆军目录上剪下画片，贴到剪贴簿上；想到他们一直计划着要去灯塔。拉姆齐夫人是多么珍惜与詹姆斯在一起的时光，一想到他会长大成人就接受不了。奇怪的是，弗吉尼亚·伍尔夫从没有孩子，她却深谙这种感情。

起雾了。她得回去了。坐下喝杯热茶，继续整理工作，看看她留下了什么。

8

风里裹着雪。玛莎睡觉的阁楼窗台上，一盏夜灯亮着，在屋檐下投下阴影。她的梦黑暗而凌乱。通宵调频电台里播放的施特劳斯的《最后四首歌》飘浮在她梦中。她尽量不去想布鲁诺小时候醒来闹脾气或做了噩梦的那些清晨时光，那时她会爬上他的小床，钻进蝙蝠侠的被子里，安抚他。还有那无尽的夜晚，当她醒着躺在侧身而睡的布兰登身边时，窗外下面的街灯的一丝微光透进窗帘，她知道这座城市里无家可归的人会蜷缩在门口、公园长椅上、当地公墓的树丛下。几乎难以听清的《扬帆》的柔和曲调安抚着她，为了不吵醒布兰登，她将音量开得很小，她像某个秘密的失眠症患者互助小组的成员，躺在安全的床上，听着船运天气预报，沿着海岸线从泰恩河到多格，从费舍到德国湾，再到泰晤士河和比斯开湾，一路追随着每个点的船运天气预报。

风力：热带气旋4到5级，在西北偏西处有6到8级，稍后可能转为9级飓风。海浪：中等偏强，稍后偶尔风浪很大。天气：有小雨，雾。能见度：中等，偶尔很差。

然后播放《利利布勒罗》，再然后第四台播音结束，再切换到国际频道。

她在床上坐起来，将脸紧贴到冰冷的窗玻璃上。黑暗无边无际，是沉睡的朋友。睡觉的坏处在于最后总会醒来，那窗帘四周最终总会染上晨光。玛莎知道自己的整个世界都不对劲，白天可以尽量应付，可是到了晚上，她孤独一人，无处可逃。她试图想象一种生活，连教学也打扰不到的生活，这时候退休浮现在她脑海。她不想附庸风雅，没有愿望自己写小说或当个业余水彩画家。周围全是好书和艺术作品，她无意用自己微不足道的努力再在那一摞摞作品上添加一本。

那么她能做什么呢？慈善？加入漫步者组织去走路？玩桥牌？天哪，听上去完全不值得。布兰登至少不用忍受那种缓慢的渗透与沉沦。一天下午他走进医院，失去意识，傍晚时分他去世了。谢天谢地，没有智力迟钝，没有啜泣，亦无呕吐。他在状态最佳时离开人世。不管怎样，他以前一直最怕生病，有一点鼻塞伤风便躺在床上不起来，要求喝加了柠檬和蜂蜜的热威士忌，举止行为像个得了绝症到晚期的病人。可笑的是，当他真的生病时，他却故意置之不理。也许他知道他正直面死亡，恐惧到什么也做不了。她一直责怪自己没有早点送他去医院，可他那么犟，嫌麻烦。她心底里突然涌起一阵心疼，多希望她能抱住害怕的丈夫，抚摸他的头发，告诉他不用怕。可是他没能应付一场被耽误的疾病，他痛恨强迫病人表示感激，痛恨身体和精神的迟缓。不，如果他无法不离去，那么这样离去更好。

说死亡近在咫尺并非是种隐喻，它从倾颓的木屋的每个毛孔里渗透出来，就像矿物盐从岩石里渗透出来一样。死亡就在那里，就在那倒塌的石头墙处，就在她外出散步路过的田野里，就在被风吹到田野里翻转过来的十字架处。她并不是唯一一个忍受死亡的人。她觉得自己跟那些掉了牙齿满手老茧的女人如此接近，不管天气好坏，她们不得不拎起那被雨浸湿的裙子，在露天沟渠里大小便。她们废弃的家园的墙上满是记忆的印记：孩子们的出生、祖父的去世、牛粪的恶臭和泥炭的烟味。冬天，佃农们跟他们的牲畜住在一起。灶台上，一条苏打面包摆在锡盘里发酵，一条狗头枕在自己的爪子上打着呼噜，一群脏兮兮的孩子在玩掷骰子游戏。

炉膛。这个字离心多么近。只差一个字母的距离。[1]

悲伤需要时间来平复，可是要多久呢？它像病毒潜伏在那里，外部某个细微之物便可令其发作。昨晚，她被暴风雨惊醒，坐在那儿看着灯塔上的光束扫过天穹。

灯塔。航标灯。界标。在黑暗中警告经过的船只附近有岩石。每次光束扫过意味着又过了三十秒，就像心脏监视器上的脉搏跳动。

哔，哔，哔，哔。

生命与死亡的区别。孙辈们。她永远不会有孙子孙女。她的基因复制已止于此处。

1 炉膛（hearth），与“心”（heart）相比，“心”字少一个字母h。

星期二

1

她把衣服晾出去时，看见一群白马在岛屿间奔跑。虽然现在还是一月，但由于昨晚的微风，此时感觉像春天。这还是第一次能把衣服晾在外面吹干。她的裤子和袜子被风吹得啪啪作响。山顶上，科尔姆扛着草料去喂牛。至少她觉得那是科尔姆，因为他那辆红色货车停在附近。车子停在褐色的山边非常显眼突出，像一辆玩具车。她朝他挥手，但他没看见她。她得决定今天做什么。还有许多文件需要整理，可是天气这么好，她不想待在室内。她有点动心，想去海滩，可又还没做好准备。

她回身进屋，清理厨房，烧开水，洗碗，冲洗干净杯盘中的洗洁精泡沫，让它们在滴水板上闪闪发亮，再将手腕上的一圈泡泡在冰冷的自来水下冲掉。清晨的阳光透过厨房窗户上蓝白格子窗帘倾泻而入，让她有种让一切东西都闪光发亮的冲动。她擦干净餐桌，走到屋外想摘点花儿，可是没什么在开放的花，只在沟渠内找到一些雪花莲，她将它们摘回家，安置在桌上的一只玻璃杯里。

上到卧室，她清理布兰登留下的衣物。她简直不相信他有这么多衣服。这些年他准是从伦敦搬过来不少东西，然后把它们都落在这儿，一样也没扔。她从纸箱底掏出一双破旧的行军靴、格子呢拖鞋和一双生霉了的网球鞋，还有褪色的灯芯绒夹克，掉了纽扣的衬衫，被虫啃坏了的棒针麻花毛衣和各种羊毛帽。当她把它们从抽屉里和衣架上取下来时，她被他的气味包围了。布兰登突然意想不到地重生了。她将各种东西分类堆好，决定哪些要留下，哪些要送到凯尔西温的慈善商店去，这时她听到楼下有动静，还没等她搞明白是什么声音，卧室的门被推开了。

玛莎，你趴在地上干什么？

尤金站在门楣低矮的门口，穿着件防水外套，系一条芥末色羊绒围巾。

我过来看看，想请你吃中饭，你看起来挺忙。

中饭？噢，早上好，尤金，什么时候了？我没想到都这么晚了。你怎么想请我吃中饭？她问，站起身，理理弄乱了的头发，觉察到自己一身的灰。

好奇外加找个借口聊聊天。那天晚上我没怎么看到你，希望你晚会上玩得开心。我自己讨厌这些晚会。别跟我说你不吃中饭的。我肯定你现在什么也没吃。我知道汽修店里除了半价的烤豆子和猪油一样的加工奶酪，没什么别的可卖。

好吧，如果你一定要请我吃饭的话，你得等我一下，我去冲个凉，我不能这样子出门，她说着在卧室镜子前看了看自己的形象。脸颊上有黑渍污垢。等我十分钟，我就跟你出去。

尤金的路虎车停在外面。狗儿们蜷缩在格子栅栏后。玛莎爬上车坐在尤金身边，在泥泞中，他加速开下山，她不懂自己怎么会答应跟他吃饭的。他们停在码头边的一间小酒吧外，他让狗出来伸展一下腿脚。它们像子弹从来复枪里射出来一样从后备厢里蹿出来，在码头上跑来跑去，冲着海鸥直叫。

行了，伙计们。过来，布鲁图、恺撒。听话，听话，回到车里来，行了，对了。他说着，往塑料碗里倒了一瓶矿泉水，把碗放在后备箱里。狗儿们听话地跳进来，兴奋异常地伸着火腿肉般的舌头舔着水，弄得地毯上到处都是水。玛莎好奇地想，尤金究竟知不知道布鲁图对恺撒做了什么[1]。

进了酒吧，他们被领到火炉边的一张桌前。泥炭火在炉栅栏后闷烧着，冒着烟。这儿有各种黄铜马具和老古董火钳。所有一切都说明这个酒吧“有品位”。尤金要了一瓶夏布利白葡萄酒，他们坐着聊天，没有太多可聊的，礼貌但无聊，侍者倒好酒，他们等着烤鳕鱼。

墙上挂满了泛黄的老照片：1969年大暴雨时，巨大的浪头拍打着海湾，修补渔网的渔夫们，系着围裙、围巾在胸前打个X结的女人们坐在一堆鱼边剖鱼，旁边是茉莉·梦露用过的那种柳条篮[2]。这里人很多很拥挤，玛莎心里纳闷，这都是些什么人，他们是干什么的。也许他们是当地的律师和商

---

1 布鲁图为罗马共和国晚期的元老院议员，组织并参与了对恺撒的刺杀。

2 茉莉·梦露（Molly Malone）是17世纪的卖鱼女，为生活所逼，白天卖鱼，晚上卖身，最后身染重病高烧而死。爱尔兰有一首著名民谣就叫《茉莉·梦露》，现已是都柏林的非官方市歌。都柏林有一座她的雕像，手推鱼车，车上便放着几只柳条篮。

人，在这里公款吃午餐。不久前，酒吧里的客人们还是些头戴鸭舌帽、身穿带粪臭味外套的阴郁农夫，闷闷不乐地盯着他们手中的健力士啤酒，讨论腐蹄疫的暴发或牛饲料的价格。那种酒吧现在还有。一天当中，不管什么时候进去，你总能看到两三个老家伙坐在吧台前，脚穿套鞋，面前摆着一品脱黑啤。上次在凯尔西温时，玛莎走进米克·默兹酒吧，他们在柜台的一头卖绳子和灭鼠药，在另一头卖健力士和威士忌等酒。

她真不明白为什么尤金会想见她。

很突然是吗？我是说布兰登走的时候，他问。

是的，她回道。星期天上午他从小店买报纸回来，抱怨胳膊针刺般地痛，我劝他去看医生他不听。你知道那人，犟得要命。对我来说太突然了，你根本想不到，是不是？不过医生告诉我，即便我劝他早点去看急诊也没用。医生这样说让我感觉好受了一点。他得的是非常严重的心脏病，发作前可能已潜伏好多年了，显然他有这个遗传，可是没人知道。谢天谢地，结束得很快。

我很难过，玛莎。我想念他，没有几个人会让我这样说的。我也为你的其他不幸感到难过。

她望向别处，把面包卷搓成灰色小粒，她不想在这个她不太喜欢的人面前展示她的不适，更不需要他的同情。他的鼻子上因血管破裂而有些斑点，眼白中有一丝不快的意味。外面小港口里，渔船在冬天浪头里上下起伏。天空、大海和远处的山都是灰色的，她为什么坐在这里？她应该在木屋里整理布兰登的东西，继续做她来这儿要做的事。

这个地方对布兰登来说有特别的意义，尤金，她说。你跟他，还有迈克尔，你们还是孩子时，一起度过的那个夏天对他来说很重要。那时候他才十岁，对吗？那是个神奇的年纪，你不觉得吗？还是个孩子，还很单纯，但又开始怀疑这个世界……

她为什么说这些？尤金会在乎吗？十年。一切事物都可以按十年来分。布兰登三个十年，布鲁诺一个十年。在她的生命结束前，她还有几个十年？也许两个，运气好的话，三个？按这种算法，一切又是多么短暂。我们先用我们的前半生来习惯，来熟悉情况，犯错，为今后做准备。然后，有那么片刻，我们有种感觉：一切终究还算有意义，我们到达终点并理解了这个世界。再然后，不等我们明白，一切全结束了。潮水涌来，洗去我们的足印，留下一片没有任何印迹的沙滩。

她有些醉意了。午餐葡萄酒一定上了头。

你呢，尤金，自从我上次见你以来，你都在忙什么？

他从冰镇塑料桶里拿起酒瓶，再给她添了一杯酒。她没有拒绝。见鬼了。她给困在这里，除了喝酒和听他说话，什么也做不了。

他说了起来，说了好久他跟布丽基特的离婚，抱怨她“骗走了他很多钱”，现在还在为金塞尔的房子打官司。为什么所有失败的婚姻都有同样的剧本呢？

你儿子呢？你有个年纪还小的儿子，是吧？

罗伊？是的，他不上学时，多半时间跟他妈妈住。这一次是尤金望向了别处。

他是个不太好相处的孩子，你知道，不过，人人都跟我说这很正常。这年月十多岁的孩子都这样。有时候他偶尔过来住住，坐在那儿玩电脑游戏，音乐声开很大。我也不常见到他。我们各忙各的。他对高尔夫、打猎没有兴趣，而我又很忙。这也是我为什么想跟你聊聊的一个原因。玛莎，他说，由于话题转到了他认为更安全的领域而如释重负。我在勃洛斯海德有几个计划，我打算建一个水疗中心，它将会是爱尔兰最好的水疗中心，非常高级，我希望。它能为这个地区带来很多就业机会，他补充道，仿佛扔了根狗骨头出去。不过事情没有那么简单，我虽然在那儿拥有一些土地，但是还不足以保证其他人不会在那里建房子，也不足以保证必要的通行权。那片土地上有几个农夫，有些只是佃农，别人都很高兴他们的土地有人愿意收购。不过那里有一块关键的地，我需要从那儿通行，我觉得有点麻烦。然后，他又慢慢补充道，你的地也在那儿，没有你的和派迪·奥康纳的地，整个计划就得延期甚至停工。我办公室里有几个伙计正在处理这件事，不过即使地产律师来处理，这事也没那么好办。他苦笑道。我希望你我能达成一项友好的协议。我只要从你那块地底下与派迪的土地接壤的一带通行，所以，于你不会有任何损失。再说，我估计你对这块地也没有什么打算吧？要不要来点甜点？他们这儿的太妃布丁非常不错，要么再喝点爱尔兰咖啡？

她不想再听他说话。这人身上少了点东西，他虽然有百万资产，却不知道什么重要、什么不重要。她想到他儿子，罗伊，宁愿坐在电脑前没日没夜地玩电游，也不愿在沙滩上跟爸爸玩板球。她想到晨雾中高地上的派迪·奥康纳，雨鞋上沾满泥巴，独自一个人，自得其乐。他是与大地和牲畜、教会和家庭有关的古老爱尔兰的最后一点痕迹。早几辈人，不太重视个人圆满。婚姻，生孩子，然后日子接着这样过下去，赚钱养家、喂养牲畜，忙得没有时间去考虑个人成长那些微妙的东西。教会定下各种规矩，夫妻关系、子女关系和邻里关系有时候可能紧张，但是信仰提供了这些关系的基本原则。现代社会有这样一种假设：物质先进、情感亲密是幸福的关键；缺少这些，就不会有什么幸福。派迪·奥康纳、僧侣们、灯塔看守人这些人公然挑战这种臆断。她看到派迪扛着稻草去喂牛的时候，外套整洁，眼里映出大海的颜色，在她眼中，他绝不是一个沮丧的男人。

在尤金的派对上，所有人都在谈论房产价格。爱尔兰从曾经欧洲最穷最落后的国家，一跃成为欧洲最富有的国家之一，现在它带给世人的不再是新诗或小说家，而是一片粗俗的平房，它们祸害着这片引人注目的土地。

我还不知道我打算怎么办，尤金，我才来这儿几天，现在做决定还太早，她说。

他们喝完了夏布利酒，又聊了会儿，他付完账后，开车送她回去。他们没怎么说话，当她打开车门正要下车时，他靠过来，他的嘴唇，带着酒味，擦过她的脸颊甚至她的唇。她往后闪，慈爱地拍拍他的肩膀，想办法下了车。

我会装作你没有那么做。

2

电缆欧利里挤满了人。穿着短运动上衣和紧身牛仔裤的姑娘们，肚子全露在外面。她们四下里站着喝着百加得和可乐。中年男士们，石磨水洗牛仔裤的皮带紧紧勒在大肚子上，大声说话，声音盖过了音乐声，而他们的妻子则啜着甜白葡萄酒，笑着，压根没理他们。吧台上方的架子上，百利甜酒和尊美醇威士忌之间栖息着一只健力士巨嘴鸟和一排小小的塑料竖琴[1]。玛莎接过她的葡萄酒，在女洗手间附近找到个座位。没多久，她发现在前面小舞台上拉小提琴的是科尔姆，旁边还有个吹笛子的大胡子男人，她猜那准是尼尔。一个留着刺猬头的红发姑娘跟他们在一起，打着爱尔兰手鼓。

接下来这首歌，大胡子男子走到台前宣布说，是由我的朋友科尔姆写的。他边说边朝科尔姆的方向点点头。他是个诗人，也是个害羞的傻瓜，不好意思自己来介绍。

手鼓声和笛子声慢慢响起，科尔姆沙哑的声音应和着。他的声音不受时间流逝的影响，准确捕捉到这恶劣之地的灵魂。关于散布在整个海岬的巨石的历史。倾颓的石墙，弃置的民

1 巨嘴鸟和竖琴都是健力士黑啤的标志。

居，里面的居民由于再一次歉收而离开故土，前往科罗拉多淘锡矿或去新南威尔士牧羊。这曲终了之后，三位音乐家放下手中的乐器，聚在吧台前。下了舞台，他们看上去更普通，就是三个年轻人聚在一起喝酒，玩得开心。当他们三人拿着各自的啤酒走到室外抽烟时，玛莎好奇地想，没准科尔姆和尼尔两人中有一个是这刺猬头姑娘的男朋友吧。她想象他们爬上他破旧的大众牌货车，朝沃特维尔、卡厄丹尼或波特马吉驶去，参加当地的现场音乐会，深夜演出完毕，就用睡袋睡在舞台后面，闷浊的空气里充满健力士黑啤和手卷烟草的味道，然后再上路奔往下一站。酒吧墙上贴着海报，上面介绍他们的乐队名叫Caidre[1]。

显然，它意味着友谊。

她站起身，去洗手间。当她回到吧台再要一杯葡萄酒时，科尔姆坐在吧台前的高脚凳上，背对着她，跟朋友们谈笑风生。他穿着件脏兮兮的皮夹克，戴着一顶随处可见的蓝色羊毛帽。她等着她的酒，有人唤他的名字。他转过身来，发现了她。微笑。他的牙齿有点微凸，像十岁小男孩需要箍牙的牙齿。

嘿，谢恩，挪开你的屁股，有位女士在等着呢。你听了那首歌吗，玛莎？我能请你喝一杯吗？

她记得她没告诉他自己的名字。

1 爱尔兰语。

3

如果布兰登的文章整理校对编目好了，泰特或考陶尔德也许会想要。玛莎尽其所能地挽救他的文章。可是她越读越觉得她认识的那个布兰登，那个每天早晨穿着白色毛巾浴袍下楼去打开意大利咖啡壶煮一天中第一杯浓咖啡的男人，那个当她在学校里累了一天后，筋疲力尽回家时，为她开一瓶灰皮诺白葡萄酒，摆上一碟橄榄，标志着他俩分离状态已结束的男人，似乎慢慢消逝了。为了再次重温过往，我们从一些已知事实出发，然后添加内容和颜色，结果，运气好的话，就像孩子的点对点连线画一样，我们能得出个大致轮廓，不过通常与我们期望的相去甚远。

布兰登的葬礼是在极冷的十一月的一天。那天来出席葬礼的人让她很是吃惊。泰特的尼克·塞诺塔、诺曼·罗森塔尔、安东尼和谢拉·卡罗夫妇、肖恩·斯卡利都出席了。布兰登多年来结交的收藏家、画廊负责人和艺术家也都出席了。有些人衣冠楚楚，有些人却穷困潦倒，为葬礼完毕后的一小块鸡蛋沙拉三明治、一杯茶或一杯雪利酒而开心不已。她记得百合花那腻人的香味。她站在滴水的雨伞下，望着那一片暗色大衣的海洋，在殡仪馆的走廊里接受别人三言两语的慰问。在招待处，一位身着超短围裙的年轻女招待托着银质托盘，上面摆着法式奶油酥。布兰登会喜欢的。

她很平静、泰然自若，可是，内心的感觉，怎么说好？很愤怒，感觉遭到抛弃。她像机器人一样一步步做着该做的事，像在表演。在高度紧张的情绪之上有种奇怪的喜悦，颇有戏剧感。然后，那灰色的孤独降临，刺透一切。布兰登的书房里那些尚未阅读的书，他的佩斯利花纹的睡袍还软塌塌地挂在卧室门后。浴室里他的剃须用具摆在那里没人动，几星期后她才把它们扔掉，仿佛扔掉这些东西意味着她的爱不够忠贞似的。傍晚时，陌生人的脚步声回响在城市坚硬的人行道上；酒徒们从伊斯灵顿快要打烊的酒吧里出来，有说有笑；雨夜里，伴侣们头挨头依偎在各自大衣下，等候公共汽车，等着夜班巴士送他们回家，同床共枕。这一切充斥着她有形的白天和孤独的夜晚，时刻提醒她：她形单影只。

星期三

1

派迪·奥康纳躺在他的窄床上听着风雨声。这样的夜晚，就像自己的心跳声一样，他再熟悉不过。这就是为什么他要生活在这里，为了靠近风和海洋，为了看从勃洛斯海德那儿透出的天边第一丝光亮。这是他最爱的时刻，他觉得自己是茫茫天地中唯一的一个人。昨天他看见叫卡西迪的那个女人，布兰登的遗孀，在外面散步。这件事真叫人难过。心脏病，布兰登还那么年轻，跟他年纪相仿。布兰登来这儿写他的书，他看上去是个地道的英国人，可实际上他祖父是这儿的人。她穿着鲜绿色的连帽厚夹克，沿着小路往上走，看上去有点失落。派迪好多年没有见过她了，从那年夏天起便没再见过。她仍是个漂亮的女人，比布兰登年轻。直到现在她才回来这里，可出了这种事，他无法指责她什么。当他们在小路上碰面时，她停下来寒暄了几句，问他，她能不能穿过他的田地下到下面的黑色岩石处，那儿能更好地看到斯凯利格。

为什么不行，他说，不过她得小心点走，这儿很容易滑倒。

我会小心的。你肯定知道你住在世界上最美的地方。

对此，他绝对同意。

2

天还没亮，派迪把水壶放在炉子上。在出门去照看那些牲畜之前，他要快快地喝上一杯，让身体暖和起来。在等着水开的间隙里，他套上外套，找到一盒火柴，点燃取暖炉，然后穿着厚袜子从厨房走到洗手间去刮胡子。他用修面刷从肥皂罐内沾点泡沫刷到脸上，开始刮起脸来。在氖灯的强光下，他的头昂得高高的，对着医药柜上的镜子，他用新的一次性剃刀刮掉胡子泡沫，然后用冷水洗脸，再用挂在门后的条纹毛巾轻轻拍干。他从蓝色塑料杯里拿出一把玳瑁壳梳子，这把梳子他还是个孩子时就在用。他用这把梳子来驯服那乱蓬蓬的灰色头发，沾点水抚平它们。他想起他的第一次圣餐仪式。他是如何给每一根头发抹上一层薄薄的百利发乳。他们好几个星期一直在排练不可饶恕之罪与可饶恕之罪之间的区别。对于一个七岁的男孩而言，这实在有点令人困惑。不服从父母或老师，当然是种罪恶，可是打碎一个盘子或忘了把泥炭拿进屋内呢？他母亲抱着他坐在驴车里。没什么好大惊小怪的，只是事后在紧靠教堂的牧师家中喝茶，吃撒着粉红糖霜的甜面包。牧师家中深色的家具，墙上挂着耶稣受难像，钉在十字架上的耶稣头戴刺冠，体侧有伤口，还有耶稣那张忧愁受伤的脸。窗户上垂挂着红色天鹅绒窗帘，那窗帘的式样他从未见过。壁炉前的地上铺着一块小地毯，上面是旋转花纹。他还记得消毒液和卫生球的味道。牧师管家用托盘端着茶过来，将托盘放在窗前铺着钩针台布的小桌上。牛奶装在单独的罐子里，一个瓷碗装着糖，瓷碗里还放着一把小银钳子，用来夹糖块。当牧师给他和母亲倒茶，再分别递给他们时，他沉默地坐在那里，母亲则拘束不安地坐在有天鹅绒坐垫的椅子边上。她穿着最好的衣服，戴着只有葬礼或婚礼时才戴的帽子和手套。尽管有粉红甜面包可吃，他还是急着想走。

可是，等到坚信礼时，却有点复杂。如果你不知道正确的祈祷文，你可能通不过坚信礼。有些不太聪明的孩子很努力，很紧张，有些人可能直到工作了还没有通过坚信礼。那时候凯里地区的大主教是个高个儿，当他戴上主教法冠站在那儿时，足有七尺高。他们全都提前考试过了，最后会再问一个问题。当时派迪被问道："真正教堂的四个标志是什么?"他怀疑目前问这个问题的话会有很多人答不出来。他们会发给你一张卡，没有那张珍贵的卡，你就不算通过了坚信礼，又得等下一次。由于坚信礼每三年才有一次，你可能得等很久。坚信礼时他穿着短裤和新买的针织套衫。有好长一段时间，他都在想自己今后要做什么。足球是他的最爱，他最喜欢跟其他小伙伴在他们称为“平地”的地方踢球。

他还喜欢听他爸聊天，聊他出生之前的事情，那些有关经济战争的事，当时从爱尔兰出口去英国的东西要征重税，所以价格很低。他那时还太小，记不得有个晚上一队轰炸机在轰炸完贝尔法斯特的哈兰和伍尔夫船坞后返回德国的路上途经凯尔西温的事。那是个月光如水的周日夜晚。山下的詹姆塞·欧沙利文来他家坐坐说闲话。他和爸爸抽着烟斗，这时海岸边传来巨大的轰鸣声，房子都震动了，爸爸说，他这一辈子从未听过这种声音。

他对政治不感兴趣，但他记得过去那些糟糕的日子。黑棕部队威胁要放火烧掉部分镇子。大家都等着他们来，不过大部分女人和孩子离开了，躲到更安全的地方，分散在荒野、牧羊棚和沟渠里，有些人甚至冒险躲到山上去。可是，谢天谢地，他们没有来。至少那天夜里没来，他们最远只到了玛吉·谢罕家附近。

这便是他的生活。他的生活大多数时候都是这样，除了他在都柏林的日子。三代人了。他的祖父在这儿开辟农场，祖父是个小个子，却体力惊人。他徒手垒起了干石墙，用铁锹从地下挖出大石头，再用手推车移开石头。这是个慢活，也是个能把人的腰都累断的活。他抽了一辈子的烟，出去干活时总会从炉膛里拿上一点草皮。没有火柴的年代，一个男人很自然会迷上他的烟斗。最后还是烟草害了他，死前，他在床上躺了好几个月。派迪还记得爸爸在一个邻居的帮助下，把爷爷没有生命迹象的身体裹在一条毯子里搬到楼下。那是他第一次见到死去的人。爷爷被放在床上，离厨房不远，就在圣母像下。然后用锋利的剃须刀给他修面，穿上褐色宗教袍，那是爷爷多年前为此而买的，他时不时会挂出来透透气，免得被虫蛀坏。所有的钟都停了，镜子也翻过面。两支崭新的蜡烛燃着，放在他的头部。那陶土烟斗、烟草和鼻烟放在用力擦洗过的桌子上。每个男性来访者都要吸上一口以驱邪。

派迪跟哥哥米基、妹妹布瑞迪和玛丽，被安排陪守爷爷。诺拉跟妈妈在厨房里煮茶、做厚厚的火腿三明治。天气暖和，他们要防止苍蝇在爷爷脸上产卵。在这间通风极差的小房间里，苍蝇卵孵化得太快了，会很让人尴尬的。他们坐在那儿，十分警惕，用折起来的报纸重重拍打那些胆敢飞进来的虫子，他们挺喜欢这份严肃的差事。窗户是开着的，大人们告诉他们不要站在窗前，这样会挡着爷爷的灵魂离去。两个小时后，趁没人注意时，米基站起来，关上窗，免得爷爷的灵魂又飞回来。

整个晚上，朋友们和邻居们轮流陪遗体坐一会儿，诵念《玫瑰经》。派迪很怕那些披着黑色披肩的职业哭灵人、哭丧女。所有的女人都在恸哭、哀号，吵闹不断。不过，还有其他游戏，如“教区牧师”“猜谜语”。汤米·欧弗莱厄蒂带着小提琴一路走下来。不用说，还不习惯这一套的陌生人，会觉得守灵夜里的这些喜庆活动是种大不敬。可是在他还是个少年时，这是公认的守灵仪式的一部分。第二天，人们向爷爷的遗体道别，念完祈祷文后，除了通宵守灵的人留下来外，其他人都散了。他们在闪烁的油灯下用晚餐，吃苏打面包、烤火腿、派和奶酪，还为男人们准备了威士忌，男人们待在厨房里喝，而女人们则去停尸间。第三天清晨，派迪得穿上最好的衣服，擦亮靴子。在送葬队伍出发前，打开的棺材放在两把椅子上，他们兄妹们被告知去和爷爷吻别。他看到爷爷那么小，缩成一团了似的，很是震惊。爷爷的脸颊塌陷下去，鸟喙样的大鼻子，枯瘦的手从长袖里伸出来，像凶狠的鸟爪子。然后棺材盖给钉死，棺材被抬到驴车上，小小的送葬队伍步行跟在后面，在雨中，蜿蜒下山去教堂墓地。

他们家是个大家庭。最大和最小的孩子之间相差十五岁。兄弟姐妹总是准时出生。接生婆通常比医生到得早，她把所有孩子都嘘到楼上去。派迪还记得他们兄妹几个手拿白糖三明治，在后面卧室里的大床上，在佩斯利花纹的鸭绒被下挤作一团时的骚乱样子。他们很想弄懂楼下发生的戏剧性场面，那意味着新生命的到来。可是大家都猜不出孩子到底从哪里来的。而他只知道孩子就像圣诞老人一样是从烟囱里出来的，昨晚还没有呢，现在已是家庭一员了。他们那时候是多么天真无知啊，可是那时候人们就是这样，没有电视、没有收音机，除了从父母、老师或牧师处，没有其他渠道获得知识。而大人们又不乐意提供这种知识。哪怕他看到牛羊这些牲畜的交配，也从不会把两者联系起来。没人解释什么。直到派迪看到他的第一头小牛犊出生，他才开始弄明白。一天夜里，他用手电筒照出晕黄的光圈，一路走到谷仓，站在被雨淋湿的稻草中间，爸爸走近哞哞叫的母牛身边。他还记得当时雨点敲打在锡皮屋顶上，记得院场中的水洼。他一眨不眨地盯着母牛两条后腿间的红色裂口间生了一半、悬挂在那儿的小牛犊。脐带绕着它的脖子，舌头耷拉着，满是白色泡沫。爸爸卷起袖子，整个手直到手肘都伸进了那暗暗的裂口里，解开了小牛被缠住的脚和腿。接着，怎么动了一下，小牛浑身湿漉漉亮晶晶地滑出来，跟着是一大团血淋淋的胶状物掉出来，他觉得很恶心，可是吓得没有动，这时候，筋疲力尽的母牛舔着闪闪发亮的小牛，直舔到它站起来，轻轻地用嘴蹭蹭它的奶头。

他们每个人都有自己的活要干。他每天清晨要从井里用搪瓷桶打四桶水。傍晚，放学后，还要去采荆豆。这活不好干。荆豆得放在那架又大又老的机器里切碎，再放进食槽里喂牲畜。一天两次，他得把奶牛从外面牵进来，关进畜栏。而他或哪个姐妹会坐在三条腿的凳子上，给奶牛挤奶，直挤到一滴不剩。他爱这些奶牛，爱它们温暖而绵软的皮毛里那股子泥巴和青草的味道，爱听它们的低声哞叫。挤完奶后，将牛奶放在一口平底大锅里，静置几天。牛奶足够多后，撇去乳脂，做成黄油。黄油有两种做法，搅拌法和滚筒法。黄油搅拌器顶部有个洞，里面有个带长把手的扁平叶片。他喜欢听奶油逐渐变浓稠时叶片拍击搅拌器内壁的声音。

大家都喜欢鸭蛋。它们又大又绿，上面略有斑点。可是如果你想要鸭蛋，你得起个大早去找它们。派迪的妈妈自己孵化小鸡、小鸭和小鹅来养，不过火鸡则是从外面买回来的。它们出生才五天，由火车运来。他喂它们吃煮得很老的鸡蛋和土豆，等它们足够大时，就喂它们吃从玉米商那儿买来的黄色饲料。他还照料猪。孩子们喜欢它卷曲的尾巴。它吃厨房里的所有废料：土豆皮、萝卜茎叶、餐桌上的剩饭剩菜。他们待那头猪像宠物，骑在它背上走到土豆田那边去。爸爸给猪鼻子上穿了个环，以防它拱土拱得太厉害。在不得不宰它的前一晚，他心里有种说不出的滋味。他们不能再给猪喂食了，因为得让它禁食。可是他也很兴奋，因为杀猪之后，他们可以用猪膀胱做个足球。第二天一大早，他们早早起来，把厨房里的桌子搬到外面院子里靠后门的地方，检查桌子腿有什么不稳当的地方，因为它得承受住一头拼命挣扎的猪的重量。木桶早就准备好了。一早上，妈妈都忙着在一口吊在明火上面的三脚锅里烧开水。开水都存在奶油罐里，准备待会儿褪毛用。慢慢地，那些来帮忙杀猪的男人一个个来了。他的叔叔米克从当吉根来了，詹姆塞·欧沙利文从山下上来，还有帕兹·谢罕和丹尼尔，他们的表兄弟们从沃特维尔过来。爸爸递给他们每人一瓶烈性黑啤酒。最重要的人物是屠夫内德·雷利，他神气活现地推着自行车走上山来，这时候那头猪的嘴巴已用绳子给绑住还打了个结，猪尖叫着被带进院子里。这些人马上围住它，每个人抓住一只猪腿，把它抬到桌上，他们合力把它控制在桌上。那种尖声嚎叫真是吓人。妈妈本该端着盘子接猪血的，可是她觉得头晕，便让派迪来做这件事。他记得骄傲与厌恶兼而有之，当那些男人叫着“现在抓紧它”而内德·雷利抓住猪嘴上的绳子时，他可以站在猪脖子旁不退缩，他是不是年纪够大够勇敢了？当内德从他大衣口袋里抽出长长的屠夫刀，从猪颈深深刺进直达心脏时，他还是不忍直视。尖叫声、踢打声真可怕。血开始流出来，它慢慢衰弱，挣扎结束。后来，他拎了三四品脱猪血进屋给妈妈，骄傲全无。他还记得端着金属盆时那温暖的铁锈味。妈妈责怪他不小心，衣服上溅了猪血，可他无所谓。他感觉自己是个男人了。

杀完猪后，一只木桶放在桌子一头，里面装了半桶从奶油罐里倒出来的开水，爸爸爬上桌子，把猪放进桶里，头先入，褪猪鬃。孩子们站在一旁傻看，惊讶于这了无生气的尸体曾经是他们的宠物，他们曾经在它耳朵后挠痒痒，骑着它到处走。这时，猪又被掉个个儿，猪屁股部位被放入热水中，等将它从水里拿出来，放到桌上时，爸爸和内德给猪褪了毛，然后把桌子拖到从顶梁龙骨上悬下来的两个铁钩子下面，一根肉扦穿透了它的后腿。桌子撤掉后，猪大肠被剪了下来，放在镀锌澡盆里。猪肝、猪肾、猪心和猪舌头放在一个碗内，猪肺炒熟了喂狗。他还记得他们在找膀胱时，猪内脏发出的那种可怕气味，爸爸用鹅毛管给膀胱吹气做成足球。后来，他们带着膀胱足球到平地上去踢，直踢到它开始漏气发臭为止。厨房里，妈妈将燕麦、洋葱和调味品放进温热的猪血里搅拌，此后一连好多天，他们只吃这种黑布丁当早饭。

到山上去挖泥炭是另一件大事。穿过沼泽与荆豆丛的那条山路是段老路。不管什么时候，那上面都可能有一百多人在挖泥炭。他第一次去时十二三岁。孩子们帮着将草皮固定在一起，帮拿铁锹的人和拿锄头的人将泥炭码得整整齐齐，放在一旁。吃晚饭时，如果有人奏起簧风琴，有人还会跳舞。那儿总是生着火，火上总吊着开水壶。茶的袅袅热气里有股泥炭和土地的味道。妈妈会给他们每人一大块冷熏肉面包。没人有手表，但是他们知道时间，当他们饿得前胸贴后背时，他们就知道该吃饭了。

圣诞节和小圣诞——一月六日是女人圣诞节，那一天男人们做所有的家务活——是很特别的日子。他们把客厅和厨房粉饰一新，妈妈爸爸赶着驴车下山去，带回来一大茶叶箱的好东西。一大条杂粮吐司，果子面包，陶罐里装着一罐果酱。他们总会买条鳕鱼，咸得要命，吃完后你得喝好多天的水。他们也会带回一大褐色罐子的健力士啤酒。那时候还没有圣诞树之说，也没有金银丝等闪亮装饰，只有一位表兄从美国寄来的“上帝保佑我们家，圣诞快乐”的一块小铭言牌，他们将它悬挂在墙上。第十二夜，他们又小心翼翼地把它包好，放进纸鞋盒里，待来年再用。

平安夜八点钟，全家人出门做午夜弥撒。半小时的下山路程可能会走上几个小时，因为时不时会停下跟遇到的每个男人、女人和孩子聊上几句。到了小教堂后，教堂领座员会把他们带到座位上去，他们排队领圣餐。派迪很喜欢这个时候，他爱那种焚香的味道，圣诞节专用蜡烛照亮了有污渍的彩色窗玻璃。有些家伙等到酒吧打烊后才醉醺醺地进来。有一年走道上传出《特里拉的玫瑰》，可是他的老师奥谢拉小姐赶紧制止了，有个人被请了出去。可是现在连弥撒也变了，他还清楚地记得，大人们告诉他永远不要用手指去碰圣体，哪怕粘在上颚上也不行，而现在人们用手接圣餐。圣餐仪式的栏杆和帷幕被取消了，后来拉丁语也取消了。

如今他是唯一留下来的人。米基早就去了澳大利亚的纽卡斯尔，他在那儿的一间超市当经理，他妻子是名学校老师。他给派迪寄来从未谋面的侄女们的相片，两个金发碧眼的女孩，戴着太阳帽，坐在碧绿的游泳池边晃荡着腿。妹妹诺拉在科克当老师。玛丽结婚了，有四个孩子，住在斯尼姆。乔当了牧师，现在在智利工作，教住在高山上、头戴针织帽的孩子们阅读。布瑞迪呢？嗯，可怜的布瑞迪没有活下来，十六岁那年，脑膜炎夺走了她的生命。

他喝完茶，穿上防雨服和雨鞋，戴上粗呢帽，走到外面大雨中去了。地上布满了牛蹄坑印，牛儿们站在低矮的黑刺李树丛下，他抱着一捆稻草走近它们，牛群互相推挤，乳房甩来甩去。它们挤在水泥食槽前，糊满泥巴的两侧潮湿温暖，小牛犊抬起细细的尾巴，拉下一泡屎，屎落到冰凉的地上，升腾起一团热气。

派迪检查它们的耳标，叫着每头牛的名字跟它们说话，顺着它们的毛，他想起每逢赶集的日子，上了年纪的女士们顶着一头刚烫好的密密细卷，从朱丽理发店里出来的样子。他检查完奶牛，再查看羊群，看看晚上有没有小羊羔出生。高山上，在裸露于地表的岩石之间，是海绵般的沼泽地，对于牛群来说这种环境相当恶劣。派迪扑哧扑哧走过沼泽地，发现一只死兔子，眼窝里蠕动着许多白蛆。再往上走，上到海岬处，有些小小的石头掩体，那是在此等候出海去斯凯利格的隐士们修建的。除此之外，极目所眺唯有大西洋。

他好奇的是，布兰登死后，卡西迪那女人打算拿布兰登的小屋怎么办。布兰登并不老，是个和善的家伙，总是平易近人。派迪经常在路上遇到他，他拿着速描本和画笔。他们会停下来，寒暄几句，聊聊天气什么的。他无法想象她会留着这地方，以后自个儿来。自那年夏天后，她再回到这儿肯定是件痛苦的事。

他查看完牲畜，艰难地走下山回家，很高兴不用再在外面淋雨。他将雨衣和外套搭在厨房椅背上，拿出黑色煎锅，打开冰箱，从滴水盆里切了一大块猪油。趁着鸡蛋和咸肉在锅内嗞嗞作响时，他扭开收音机。他喜欢吃饭时有收音机的声音做伴。吃完早饭后，他清理东西，擦干净桌子，将盘子放到水池里的塑料盆里，就在他洗碗时，门外垫子上一声重响，他听到邮差的小货车开走了。门口放着两个信封。一个是电费单，另一个白色信封他一下子还搞不清是谁寄来的。他伸手从褐色眼镜盒里取出眼镜，用盒内的眼镜布擦干净镜片，给自己又倒了一杯茶，再坐下来打开信。

他不得不读了两遍。十万英镑。一大笔钱。尤金·瑞奥登一定是非常想要他这块地，才会出这么一个大价钱。他深深吸了口气，顺着折痕把信折好放回信封里，然后走到食具柜，将信插进从阿兰岛买回来的纪念盘子后。

这是他的家。母亲曾在厨房里忙碌，在泥炭明火上做饭，大家围坐在他现在坐的这张桌前吃饭。木桌面擦得白白的，他们几兄妹坐在两条长凳上，饥肠辘辘地等着窗台上新烤的面包凉下来，为了防狗，面包放那么高。当然，他们也吵架，闹意见，可是拍拍头揪揪耳朵，什么都能解决。生活确实艰苦，但他不愿改变。

3

尤金和狗狗们在海滩上。至少它们不会跟你争吵或大闹。他穿着防雨夹克，戴着粗呢鸭舌帽，系了条格子羊毛围巾。他还没有吃早饭、冲凉或修面，只随手抓上昨晚搭在椅子上的衣服，悄悄溜了出来，西沃恩还在睡觉。他的舌苔很厚，皮肤上有层油垢。他唤狗狗们，它们沿着通往海滨的小路跳跃着跑下去。深更半夜还没法睡，他真是受够了眼泪和摔门。耶稣基督、圣母马利亚和约瑟在此，他不过说了句他希望她来过周末时，不要再带室内装潢杂志或油漆小样来了。他花钱请了设计师，他不需要也不想听她的建议。当听明白尤金嘴里的设计师指的是尼亚姆时，西沃恩爆发了。尼亚姆在都柏林经营一家小小的室内装潢公司，经常从建筑师那儿承包室内装潢活做。消息不知怎么传到西沃恩耳朵里，尼亚姆来这儿几天了，是来讨论新理疗室的装修的，尤金还带尼亚姆出去吃过饭。西沃恩愤怒得尖叫，称尼亚姆为狡猾的婊子。尤金无疑在都柏林见识过她在派对上的样子，也知道她之所以成功不过因为她父亲往她的生意里砸了很多钱，因为她有对大奶子，为此她不放过一切可以炫耀的机会。至于她的设计？哼，她压根没有品位、没有风格。让尼亚姆来做，西沃恩尖叫道，这个地方他妈的会像个妓院。

他不知道这一切麻烦是否值得。他完全可以安定下来过一种安静的生活。可是他需要一个项目，让他的脑子里转起来。他立在风中，看狗狗们跑回来，又跑过去，嘴里含着浮木碎片，它们把这些东西衔过来，扔在他脚边。他爱看狗狗们吠叫着在沙滩上追逐。它们的耳朵拍打着、毛皮上沾着一层盐。今天早晨天阴沉沉的，下着小雨。大海在他面前延伸出去，像一块波纹铁。两只白色海鸥在头顶盘旋、鸣叫，海浪拍击着岩石。四周无人。正是他喜欢的样子。他和布兰登还是孩子时，就是在这儿玩耍。认识布兰登之前，他没有朋友。布兰登有种天生的自信，能感染别人，至少，那个夏天，感染了他。布兰登总有些新点子——到远处的岩石上钓鱼啦，生篝火啦。孩提时代的尤金特别害羞，跟他不认识人的说话时，舌头就像打了结。每当他思考快乐是什么时（虽然他很少想这个问题），他会想起那个夏天。

柔和的细雨淋在脸上冰凉，他需要新鲜空气和锻炼。昨晚，在为装修大吵一架后，趁着片刻的宁静，西沃恩宣布她想搬进来跟他住在一起。他们做爱，最后的那点威士忌在他血管里发力，他迷迷糊糊正要睡着时，她靠过来，问他是不是还醒着。他不想理她，因为他觉得自己马上就要睡着了。他假装睡着了，可她还是戳他、捅他，摸他的秃顶，那是最让他恼火的，所以，到最后，他不得已掀开被子，怒气冲冲地坐起来，看着她。

难道一个人晚上都没法在自己床上睡觉了吗？既然她提起这事，不行，她不能搬过来跟他住。绝对不行。他不想再跟任何人一起生活。

她大吼大叫、哭泣、强烈要求。她的原话是什么来着？要求他别再吊她胃口，要求他对他们之间的关系做出承诺。可他们之间有什么关系？他想。在他看来，要有，也非常清楚明白。她可以过来，在这幢大宅里快活一下，跟他睡觉，如果这就是她想要的话。不过他从没请她这样做过，虽然当她打电话告诉他她会坐星期五的火车来基拉尼时，他通常也没劝她不要来，这倒是真的。时不时，他也乐意在金钱上接济她一下。可是他很烦她那套关于需要“了解他的真情实感”的说辞。他就是他。他不想与别人分享他的家，再也不想跟别人走得太近。难道他不是刚刚才甩掉布丽基特吗？糟糕到极点！不，他才不要另一个女人又住进来，再去告他。他绝对不需要这么一个让他深更半夜不能睡觉，每隔五分钟便要问一次他爱不爱她的女人。为什么人人都想从他身上捞点什么呢？为什么他们就不能不烦他呢？

他筋疲力尽，昨晚又喝过头了，雪茄也抽太多。现在嘴里的感觉像鹦鹉笼底。他扔了根树枝给布鲁图，它跑着跳着去找了。他要给办公室打个电话，搞清楚勃洛斯海德附近的那块地皮有没有进展。拖得太久了，为什么你们这些人有钱不要呢？派迪·奥康纳一辈子也没见过那么多钱。他得继续。银行在等着，建筑师在等着，建筑商在等着，他们都在等着他“开工吧”这句话。他曾研究过斯堪的纳维亚的水疗产业，有些创意。他很喜欢桦树枝桑拿和冷水泳池与土耳其蒸汽浴室的想法，他已经见过从伊斯坦布尔进口的天青石，非常吸引人。要有个健身房，雇一些高素质的私人健身教练，还要有个按摩室，各种香味的香薰精油和蜡烛。实际上，这是个好点子。他要用不同香味给每间房命名：薰衣草、玫瑰、鼠尾草，用这些花草植物的颜色来装修每间房，这样客人们在每间房里接受相关治疗——宁静、提神，或者单纯只是放松。签了一年会员卡的前一百名客人可以享受一定折扣的优惠，凡办五年会员卡的客人可以享受六个月免费的优惠，终身会员则有特别待遇：VIP项目，私人更衣室的门上挂着标有客人姓名的铭牌。他计划举办一个盛大的开幕式，要有许多海鲜和香槟。他最喜欢那样。实现目标，掌控全局。

他应该去看看玛莎。她很可能还趴在地上整理布兰登的东西，可是他是个理智的成年人，他可以陪陪她。他最好跟她那样的女人在一起，成熟、与自己年龄相仿。不过，他从来都不喜欢成熟的女人。跟年轻女人一起时，他才有实足的信心，而他总觉得玛莎的沉默、她那种英国中产阶级的内敛其实是在对他品头论足。他本应该去参加葬礼的。他很后悔，可是那儿他一个人也不认识，他也不相信玛莎在殡仪馆跟丈夫最后道别时，会乐于在那儿看见他。不过，布兰登毕竟是他的朋友，他感觉很糟。他不知道她接下来会怎么做，会不会再婚。她风韵犹存。他可能比她还惨。跟她交往意味着取得她的支持。她有自己的职业，如果他没记错的话，她是一名教师。她的想法很可能比较理性。这样更好，他不用再孤军作战，听听别人对他的决定的看法，陪他应酬，也陪他睡觉。不，他准是疯了。这样根本行不通。她太固执己见，太独立，太英伦。对于他想买她那块地的提议，不知道她会如何决定。她肯定不会再留着那小木屋了吧？

4

苏菲的信装在一个盒子里，藏在书架顶上。信纸都发黄了。时间让一切的变化多大啊，玛莎想。她展开脆脆的信纸，很多信是用自来水笔和黑墨水写的。现在没有这种东西了，现在连偷情都是数字化的，短信和鬼鬼祟祟的电子邮件。让她吃惊的是，这么多年来，布兰登还保留着这些信件，仔细地按时间顺序存放。第一批信件是在打字机上打出来的，大多在讨论布兰登的那本书，关于章节顺序的想法，讨论就必要的复制寻求博物馆和收藏家的许可。有建议，有确认，有讨论排版与封面的午餐。慢慢地，信中的语言变得亲密起来，有些便条是苏菲手写的斜体草书。信件全是用有泰晤士与哈德逊公司抬头的信纸写的，信封上的收信地址是科克街的画廊，布兰登在那儿有间办公室。有一封信里，她描述在惠特斯特布尔的一天：亲爱的，生蚝，香槟，还有壮丽的日落。除了相拥而眠的漫漫长夜之外，还有什么能比这更美好？

他们怎么背着玛莎偷情的？她当时在做什么？怎么会没有丝毫的察觉？也许她在学校里忙于向那些只看电视、只以为安德鲁·劳埃德·韦伯才是伟大剧作家的学生们灌输对戏剧的热爱。显然，苏菲和布兰登沿着那一排色彩斑斓的海滨度假小屋在海滩上漫步，看鸟儿们在泥地里蹚过，寻找腐肉；看捕鱼船拖着蓝色的尼龙渔网进了渔港。他们在海滩上刷着白粉墙的小酒馆里吃中饭。那是十一月初，他们在外面，走上鹅卵石海岬，那儿低潮时，似乎可以看到小肯特镇上燃放的烟火。她想象着布兰登站在苏菲身边，搂着她，他的下巴搁在她浓密的红发上，碰到了她的玳瑁壳发卡，他们看焰火在漆黑的天空里绽放开来。另外有些信描述了午餐时的幽会，或下班后抽空在苏豪区喝一杯再回家，估计是他们没办法做爱时的补偿，因为布兰登向玛莎保证过，他会回来陪她看她六年级学生的作品《热铁皮屋顶上的猫》，或答应了跟伊文斯家一道吃饭。

在殡仪馆看到苏菲时，她很吃惊。她本该愤怒的，但她没有。苏菲这样需要有相当大的勇气。她们没有说话，玛莎注意到她穿着黑色羊毛大衣站在人群边上，浓密的鬈发用一支黄铜发簪松松地束在脑后。她看上去真的很伤心，但也很谨慎，落在人群最后面，直到大家全到酒店里去了，才悄悄走开，没有去接待处。玛莎读着这些信，只能猜猜这出外遇究竟是苏菲开头的还是布兰登主动的。她跟他生活了将近三十年，为他生了孩子，可是还有这么多事她不知道。也许我们所做的事，实际上与我们自以为在做的事并不完全一样。他跟苏菲都聊些什么呢？他们水平相当，与玛莎跟他在一起相比，他们之间肯定有更多共同点。他俩都与艺术有关，从前的苏菲肯定十分清新、奔放、自由。

但是苏菲看中了布兰登什么呢？一个有点大肚腩的中年

男人？他看上去并不特别年轻，衣着也相当保守：从马莎百货买的灯芯绒裤子、格子衬衫。冬天，羊绒毛衣外加一件哈里斯毛料外套。苏菲一定有许多同龄追求者，不用说，她也是被同一种东西所吸引，玛莎自己十年前也是受此吸引：他那天然的凯尔特人的气质。她一再对自己说布兰登和苏菲在一起的时间是他们婚姻中的一段真空期，是他们婚姻的中断期，是脱轨。然而她又有点理解布兰登在暴风雨中寻找港口的需求。暴风雨砸下来，几乎摧毁了岩石上的他们。曾经她想让自己相信他的行为只是中年男人挽留青春的努力，那些事并没有那么重要。可是现在，她不再那么肯定了。也许放弃苏菲回到她身边是他的牺牲。是爱？抑或只是欺骗她、留下她独自应付的内疚？也许他只是决定以一种对大多数人而言老派的方法来做正确的事，难道他不是曾许诺过吗？不管是好是坏，至死不渝……

她找到几张苏菲的照片，是在泰特拍的，私人角度：苏菲端着一杯葡萄酒，正在跟安东尼·葛姆雷[1]说话，她冲着镜头笑着举起杯，而镜头后面肯定是布兰登。另一张照片，拍于耀眼的秋日午后，苏菲站在汉普顿迷宫中间，风很大，她穿着件深蓝色连帽厚夹克，针织格子呢围巾。她不仅年轻还很漂亮。如果布兰登没有爱上她，那才奇怪。这是他的一部分生活，没有她参与的生活。反过来，她可曾有过外遇的诱惑呢？没有。跟斯图尔特有过不温不火的调情，他在同一所学校里教历史，后来升职去了佩克汉姆一所大综合学校当校

1 安东尼·葛姆雷（Antony Gormley, 1950— ），英国当代著名雕塑艺术家。

长。不过，也仅止于下班后偶尔喝上一杯，或她生日时送上一束便宜俗气的康乃馨而已。

她记得自己的婚礼。那时的她已不太年轻了，却生平第一次觉得自己即将长大成人。马斯菲尔德花园的后草坪上竖起了大帐篷，蓝白条纹的凉篷下搭起了香槟自助餐。她穿着高腰婚纱，手拿一大束勿忘我和风信子。总体而言，是快乐的一天，她尽量不去想母亲觉得布兰登不够优秀这件事。

他们去佛罗伦萨度蜜月，那是多次意大利之旅当中的第一次。当他们从意大利返回时，伦敦正值鲜花怒放之时。搬进伊斯灵顿的房子之前，他们暂时住在诺丁山门附近的小公寓里，小到真的只有两间房。起居室很高，空荡荡，除了一张床垫、两张高脚凳和一张餐桌外没有其他家具，他们光着身子躺在一条毯子上。窗户大开，外面是灰尘满天的火热夏天，窗帘在热风中鼓起，他们听莱昂纳德·科恩的歌。那时候的伊斯灵顿破败失修，公寓里挤满了爱尔兰工人。公寓地下室里住着一位上了年纪的犹太难民，有着甜蜜的笑容和钢丝般的灰发。不管什么天气，她总穿着同样一件外套，仿佛永远准备着迅速逃离。

布兰登的时间主要花在画廊、考陶尔德和大英图书馆上，他在图书馆为第一本书收集资料。他们有时参加切尔西艺术俱乐部的晚餐和派对。她对艺术很了解，但并没有涉足其间。她父亲是画廊的创始人这件事往往给人留下很深的印象，对此她深感痛恨。也许他们觉得布兰登是为此才娶她的。有一次，喝太多后，她暗示了一下，他只是笑笑，要她别那么可笑。

星期四

1

这是埃尔·格列科笔下的天空。太阳光束刺透云层。画家们画出这种天空时，玛莎总觉得他们很夸张，自然界里没有这样的天空，倒像是在赞扬主之荣光。在意大利教堂中，那些天使坐在棉花般的白云上，天国之光环绕着他们。她从小窗户里望出去，看着太阳照耀下的小岛，现在她能理解人们怎会相信天堂的存在了。这么美的东西怎么可能只是偶然呢？一定是对有信仰的一种慰藉，不是吗？过去的二十年里，她多少次祈求上帝，如果上帝能把她最想要的东西送回给她，她一定无条件地信上帝？当然，她知道这只是胡言乱语，是她绝望的体现。而当她的祈祷不灵光时，她明白上帝才不会理会这种庸俗的讨价还价般的祈求。如果真有上帝的话，他也不是那种敲定交易的风险投资家。昨天，她下山到巴林斯凯利格斯海滨附近被毁坏的修道院走了走，还去受大风侵袭的墓地看了破旧的凯尔特十字架，十字架上的玻璃珠像倒扣的金鱼缸，里面盛着那褪色的石膏圣母像和廉价的塑料玫瑰。那么，信仰仅仅是一种习惯和风俗，抑或是你做的某种决定，就像你决定从高高的跳板上一跃而下跳进你面前的游泳池？也许你只需闭上眼睛往下跳，坚信你不会撞上水泥地或淹死。远山上有淡淡的云彩，天空现在湛蓝。她想象自己在天空中飘浮，越来越高，越来越高，消失在湛蓝深处。

她去布兰登的书房，在书架上找一本《圣经》。身为一个天主教徒，哪怕不那么虔诚，他肯定会有一本《圣经》的。她在书架最上层一堆字典中找到一本很破旧的《圣经》。扉页上说是奖给中六年级最佳拉丁翻译。她深受触动，脑海中浮现出后来成了她丈夫的那个少年在勤勉翻译贺拉斯的形象。一条丝带标记出当时在读的页面：*谦卑的人必承受土地*。

是真的吗？似乎没有什么证据。她闭上眼，尽量想象这些话出自上帝口中。可是她做不到。她习惯于看星象，做冥想，在伊斯灵顿的家中盘腿坐在土耳其地毯上，闭上眼，将意念集中于呼吸，倾听当下的各种声音。邮差将信件从门上的开口槽中扔进来。外面街上摩托车马达发动的声音，鸟儿的鸣叫声。所有那些声音通常都混入清晨的白色噪声之中。她知道自己被推得越来越远，被带入一个偶然与迷信的世界，在那里，不管她喜不喜欢，死亡都是不可逆转且永恒的，她没法做任何事、任何事来改变这点。一切似乎都在消融，在溜走。她的生命，她的记忆，以及记忆所承载的一切。随同这一切，关于她这个人的一切也在消融，在流逝。她与这个世界之间有了裂缝，而她不知道如何跨越这道裂缝。

当布兰登在学校里背弃天主教时，他便断绝了与正式宗教的一切关系。自此他唯一的宗教便是艺术。他的理由是：与任何教会相比，马克·罗斯科或杰克逊·波洛克身上的性灵更多。他们的作品是生命力的证明，是在为表达尘世中的神而努力。不，他坚信，人不需要上帝也可以有信仰。艺术家们努力获得灵性，他们不曾以宗教之名杀戮过任何人。从没有人为了艺术而进行种族灭绝。说一幅画作有信仰，我们无须援引上帝。感觉便是意义之所在。一幅画可能意味着进入世界的一种新方式。所有观赏者只需敞开心胸去体验那种观赏的过程，专心欣赏作品，这样自我逐渐缩小，边界慢慢消亡。

她想念丈夫，想念他的大块头身体，他的坚实，他的平衡感，他是世界上唯一能懂她生命中那道裂缝的人。

她从床上爬起来，洗脸，刷牙，懒得洗澡了。趁着天气还好，趁着自己还没改变主意前，她想出去走走。她知道自己如果想太久，就不会出去了。她把头发绑在脑后，套上一件抓绒衣。外面暂时不会下雨。

上次她走这条小路时，时值盛夏。蝴蝶在荆棘丛中飞来飞去，路两旁全是野生的倒挂金钟，一片片红似火。沟渠里的毛地黄，悬崖上点缀着金雀花。小块田地里稻草已割好，放着码成蜂巢似的干草堆。天很热。那种炎热更像是地中海而非爱尔兰西海岸的热。大海是一片深蓝色，她常常觉得爱尔兰看上去跟希腊非常像，至少跟希腊看上去差不多，或者说如果将希腊用绳子绑住，向西向北拖到这儿，再多下点儿雨，希腊看起来就会是现在这个样子。

她转过小路往下走，村里的一条狗在她脚跟撕咬。在路当中，她看到一只野兔，便站住不动。小兔子也看到了她，也站定不动，只有耳朵还在扯动。她和那只兔子，这样僵持了好久，提防而警惕。然后，她慢慢往前走，它一下弹开，跃过墙，消失在芦苇丛中。她曾在书上读到过，凯里地区有一种迷信，认为野兔是有魔法的老女人。当地人警告晚上走夜路时要拿根棍子，以防普卡[1]和其他恶精灵。

终于，小路通到了一片开阔的小海湾，周围是一片防风松林。远处海岸边有一处孤独的渔夫小屋和水泥砌的下滑水道，一艘木船正被拖出海。自打她上次来这儿之后，有人在以前空旷的海岬上建了座平房，在平房旁边的田野上，一块标牌用蓝绳绑在篱笆上。她爬过去看，是另一座（看海）平房的建筑计划申请。随着另一座平房而来的是平房品位：石头狮子和盒子囚笼。不用说，他们会铺上柏油车道，用铸铁大门来标明已被他们驯服的世界和荒野之间的界限。看来人们将不惜一切代价，管制、隔离爱尔兰的野生景观，用塑料花盆和花园里守护神石像将这片野生土地郊区化。

海滩后面是一片生着芦苇的沼泽地，芦苇往下直伸到碎石滩。那儿散布着各样碎片。有烂拖鞋、哮喘药物吸入器、破破烂烂的蓝色尼龙渔网、海难后撞烂的包装箱，全都被大浪冲到海滩上来了。海岸上没什么人，除了一个戴棒球帽的老人，裤子用绳子捆着才不致滑落，裤腿塞在雨鞋里。浮标、浮木和塑料渔网缠在一起，他在努力解开这个结。她朝他打个招呼，他点点头，奇怪地看着她，仿佛不明白她在说什么。

1 普卡（pooka），爱尔兰民间传说中常变成动物出现的鬼怪、恶精灵。

他嘴里的牙几乎掉光了。

很久以前的那个夏天，他们也来到这个海滩。他们在海湾最远处竖起条纹防风围栏。柳条箱里装了三明治、切达干酪和酸辣酱，这是给她和布兰登的，另外还带了花生酱，是给布鲁诺的。她站在岸边，大风中，看到布鲁诺站在冲浪板上朝她挥手，看到他嘴里新长出来的大牙，太白了点，看到他褐色的皮肤上干了的盐粒。

他们在岩石之间的水洼里找贝壳，把它们装在红色塑料桶里，回去后可以根据他的《科林斯贝壳指南》来弄清各种贝壳。后来他去游泳，游了好久，皮肤都起皱变蓝了。她只好叫他别再游了，上岸后，她用大毛巾裹住他瑟瑟发抖的小身体。他们在沙滩上待了好久好久，傍晚时他们玩板球。她仿佛现在仍能看见他在沙滩上奔跑的身影，映衬在浅淡光线里的身影——她的金色男孩。

在昏暗的光线中，他们慢慢走回小木屋，皮肤上还有干了的盐粒，他们爬上岩石看那些僧侣们搭建的石头掩蔽处，僧侣们在那里等候出发去斯凯利格。布兰登拿着沙滩椅继续朝前走，她和布鲁诺则在悬崖边上坐下来，眺望大海。

怎么会有人想要住在大海中央的岩石上呢，妈？修士们不孤独吗？

她想了想，说，问得好。许多许多世纪以前，不知怎么，人们坚信如果他们生活的地方异常艰辛，他们便会离上帝更近。他们觉得灵魂比身体更重要，她解释道。他们认为如果否认物质上的需求，他们会更为圣洁。在他们的生活中，上帝是一个真实的存在，这一点我们现代人很难理解。他们坚信人生而有罪，他们终生祈祷冥想，祈望获得救赎。生活在岩石上，受气候的统治，冬季那几个月，白天短暂而阴暗。他们得自给自足，在开垦出来的小块石头地里种白菜和土豆，用海鸟的脂肪和羽毛做油脂蜡烛。一切都利用起来，不浪费一点。实际上那里没有燃料可用来取暖，所以大部分时间他们都是浑身潮湿冰冷。对于有暖和被子和冰箱的我们来说，实在难以想象那是种什么样的生活。说到暖和的被子和冰箱，我们该吃晚饭了。

当他们一路走回小木屋时，布鲁诺又问，他们能不能坐船去那块神秘的岩石上去瞧瞧。她向他保证，在回伦敦之前，他们尽量去。那时候，小木屋里还没有电，也没有排水系统。吃饭一直很简单。不过，他们一家三口在汽化灯的微光下用餐还是种很奇妙的体验。即使是夏天，他们也得燃起泥炭抵御黄昏时的潮湿阴冷。第二天，他们醒来发现，在连续三周的阳光后，天气变了，起雾了，刮大风。这种天气下不可能去斯凯利格。

2

她站在海滩上。海滩空空如也，只有两只塘鹅嘎嘎叫着从头顶飞过。除了新建的平房，一切跟那年夏天一样。大自然是多么无所谓啊，它不管不顾，照旧过下去。不知为何，她内心深处总有种不祥的预感，她无法解释。有人会说她的恐惧有点病态。她总怕她爱的人会出车祸、突然生病，这种担忧真是荒谬。如果你想想出事的各种可能性，生活简直防不胜防。一切都是随机的、偶然的。然而我们总认为明天会跟今天一样；孩子们的乳牙会掉，他们会坐在那里考试，会恋爱、成年，茁壮成长。

学校假期的最后一周，他们刚从爱尔兰回来，布鲁诺马上又要出门。这是他第一次独自离家出行。他有点紧张，可是一想到可以见到他的朋友们，多少弥补了他没能去斯凯利格的失望。回到家，她摊开刚熨好的小童子军制服、他的领巾以及游泳和田径用的挂着徽章的绿色运动衫。她烤了一个胡萝卜蛋糕，将蛋糕装在锡盒里，再放进帆布背包。睡觉前，他俩坐在他的小床上，天就要黑了，他问：妈，天亮了后，星星上哪儿去了？

它们哪都没去，亲爱的。它们还在那里。只不过你白天看不到而已。

第二天清晨，她开车送他去学校，他再搭大巴去埃克斯穆尔。他很兴奋，想跟她吻别，又怕被同学看见笑话他太孩子气，为此颇为纠结。布鲁诺有一个小圈子，星期天上午一起踢足球，一起骑自行车，参加每个人的生日派对，互相在对方家里过夜。她舍不得分别，故意拖延，提醒他记得在帐篷内要将防水布放在睡袋下、要记得刷牙，告诉他干净的内衣裤放在帆布背包里的拉链内口袋里，因为他肯定会弄湿。然后，她转身上车，朝他挥手再见，布鲁诺穿着绿黄相间的T恤，戴着顶有点儿大的帽子，站在那里跟其他男孩说话。

几天后，他从公用电话亭打电话回家，事无巨细，什么都跟她说。午夜时分围着篝火吃东西唱歌；棉花糖串在棍子上烤着吃；在荒地徒步时他们湿透了；他交了个新朋友，叫詹姆斯，是另一个分队的；他有许多许多的徽章；他就要十一岁了。

妈，明天我们要去划独木舟。

3

布兰登接的电话。雨很大，河里涨水了，独木舟在急流中倾翻，布鲁诺的头撞在岩石上。没有出血，没有伤口，但他失去了知觉，肺里充水。有个老师蹚水到湍流中，设法把他拖上岸，并进行口对口人工呼吸。可是当空中海岸急救直升机最终到达时，他的呼吸已不正常。等他们把他送到当地医院时，他已经死了。

她模糊记得布兰登想方设法抓住她乱挥的双臂，那时她正冲他乱喊乱叫：这不可能，不可能。我昨天还跟他说过话。他给我打的电话。你骗我。你是什么意思，你这白痴，死了？那么健康的十岁男孩不可能说死就死。

可怜的布兰登。她不是故意要打他，可是她捶他，朝他吐口水，踢他，仿佛杀了这个捎口信的人，就能杀掉这个口信。布兰登全都忍受下来，真难为他。她真是失去了理智。当他们到医院确认尸体时，他的皮肤还是度假时晒的那种古铜色，除了左太阳穴附近的瘀伤外，一切还是那么完美。她爬上床，抱起他小小的身子，一如他得腮腺炎或睡不着时那样，想让他暖和。可是他身上再也没有布鲁诺的味道了，只有化验室的味道。她记得百叶窗挡住了九月午后温暖的阳光。她能听见外面来访人员停车场上人们的笑声。一辆车砰地关上车门，救护车尖厉地叫着把急救病人送入急诊室。最后，护士进来问她还需要多久。她摇摇头，问护士要了一把剪刀，剪下他的一缕头发，跟他吻别，走出了房间。

4

布兰登不是特别想要孩子。孩子不是他生活计划的一部分。他擅长卖画写书，对当爸爸却没有把握。她起初同意不要孩子，因为布兰登要什么，她便要什么。可是后来，慢慢地，愿望越来越强烈，直到这种愿望成了一种生理上的疼痛，每个月，当经期来临时，她觉得深深的失落。她从不想欺骗谁，一直采用避孕措施。然而，不知怎么，婚后第五年，她发现自己怀孕了。用老话说就是，她总算开花要结果了。其实布兰登也很高兴，仿佛她送给了他一份意外的礼物，而他并不知道这正是自己想要的。随着肚子越来越大，孩子开始越来越真实了，他躺在床上，头贴在她的大肚子上，听孩子的心跳。她以为他会讨厌她肥胖的腰身、肿胀的乳房、黑得像西梅般的乳头。结果他对她呵护备至，把早餐给她端到床上；在她冲到马桶前呕吐时，帮她托着头；虽然他很讨厌医院，还是请假陪她去做产检。

生孩子并不顺利。十一月的一个凌晨做的产钳分娩。布兰登一直陪着她。在产房里，从布鲁诺被放在她胸前，从她握着他小小手那一刻起，分娩的所有痛苦全消失了。随着百叶窗里透出第一线光芒，她知道这是她生命中最伟大的成就。

而布兰登呢？嗯，他为自己有了儿子而激动万分。他们给孩子取名布鲁诺，以她父亲的名字命名。

布鲁诺小熊，她的金色小熊。

5

事故后好几周，她足不出户。她向学校请了丧假。可是，等她终于回学校上班时，没想到这个世界如此冷漠、无动于衷地正常。为何天空没有黑暗下来，为何太阳没有失去光辉？她的孩子死了，然而她的学生照样表现不好，照样不做功课，课堂上照样不听讲。人们照样在塞恩斯伯里连锁超市推着购物车购物，上电影院，争吵、做爱。当初，当她刚获悉布鲁诺之死时，她想她会死的。痛苦、渴望，像道伤口。她几乎透不过气来，她发现自己大口大口吸气，仿佛溺水之人，仿佛她的肺不愿吸进足够维持功能的氧气，仿佛她的肺只想停工。她头痛欲裂，头像被老虎钳紧紧夹住，身体也受精神痛苦的影响，她双眼几乎什么也看不见，最浅淡的光线也干扰她的视力。她只能躺在黑暗里，头埋在枕头下，最后她病得不轻，蜷缩在床上，身子软弱得像块旧洗碗布。

一遍又一遍，飘浮在梦与睡眠之间，她努力想象布鲁诺的最后时刻。独木舟失去平衡，撞上岩石，冰冷的水灌进他的鼻子和肺里。她仿佛在看一部慢动作电影。她试着呼唤他，可是她发不出声音。那时候他知道怎么回事吗？他怕吗？每每想到这里，她都受不了。她回忆最后对他说的话。别忘了刷牙。别老是聊天睡太晚。在上车离开之前，她极小声地说，我爱你。这样他就不会尴尬。

从医院回到家里好多天了，没有布鲁诺，他的床就在天窗底下，她躺在那上面，抬头看着天花板上粘着星星，只要在黑暗中就会闪闪发亮，那是他们在天文馆里买的，看着墙上阿森纳队的海报，他的柔道证书，多么希望这是个错误，但愿她醒来发现一切不过是场诡异的噩梦。可是，即使在那种时候，她也知道这是真而又真的。后来，她起了床，穿着脏得要命的睡衣，一坐好几个小时，头发又油又脏，白天她不停地看电视：园艺节目、体育比赛、烹调节目、美国脱口秀。她看了许多重播的老电影，诸如《相见恨晚》、《音乐之声》和《达拉斯》。她就像一条陷在金鱼缸里的金鱼，真实世界在玻璃的另一边。

再后来，她强迫自己去超市。在那儿碰到熟人，她知道他们会给她一个无力的微笑，对她敬而远之。熟人会避开她，更糟的是，在肉铺里、食品店内拦住她，拉着她的手，眼含泪水，让她觉得她倒应该去安慰他们。这样过了好些天，收到许多慰问卡、鲜花、电话，虽然全是好意，却像一根根刺又扎进她的肉里，提醒她，失去儿子是无可逃避的真实。

布兰登无法安慰她，她不让他安慰，她不想被安慰，除了悲痛，她不想做任何事。就是那个时候，他转身投入了苏菲的怀抱。他努力工作，写完那本书，收集彩色插图，继续与那些尚未给他复印许可的博物馆和私人收藏家联系。这些事情令他四处忙碌，而苏菲又热情洋溢。他常常回家很晚，上床睡觉时，玛莎意识到，他身上带着别的女人的香味，而他似乎也没有力气去遮掩真相。他们肩并肩躺着，却无法越过两人之间的横沟。可怜的布兰登，他也爱布鲁诺，他用自己的方法来面对这件事。一天晚上，正是播报六点钟新闻的时候，他们站在起居室中央看电视，他突然把她抱在怀里，没有说一个字，只是将头埋在她肩上，整个身体剧烈抖动，他无泪地呜咽。她站在那里，抱着他，温柔地领他上楼，帮他在床上躺下来，盖好被子，然后躺在他身边。他们就那样肩并肩躺着，没有脱衣服，紧挨着彼此。光线渐渐暗下来，房间越来越冷。

6

一月间的天气真美好。两座无人居住的小岛斯加里夫和迪尼西平时总是笼罩在云雾之中，现在它们上空的云雾消散了。阳光取代了大雨和呼啸的风暴。海湾里微光闪烁。小木屋后的松树上，一只黑鹂在唱歌，让人误以为春天来了。

玛莎从海滩回来后，决定步行去派迪·奥康纳的木屋，希望能在那里碰到他。可是他不在附近，虽然他的车靠着泥炭堆停着。他准是上山了。自从和尤金吃了那顿中饭，尤金将他的计划告诉她后，她很想和派迪说说话。也许她对尤金态度有些软化，但是她无法想象派迪被人说服而放弃自己的生活方式。不管怎样，她不相信他会接受尤金的钱，他不像是那种会为金钱所动的人。她知道尤金有法律团队，会钻各种法律漏洞，他绝不会让他的百万欧元计划死于某个山地农夫之手。这个方案不只是个非常赚钱的商业机会，而且还是他摆脱布丽基特和西沃恩，重获自由的好方法。尤金需要她那块地的底部，建筑商的大型机械才能进场。她想告诉派迪他不是一个人。

她抄小路从后面那条路上山，经过一个长木头搭建的火鸡棚，里面没有一点自然光线，从那里传出绵长不断的哼哼声和阵阵恶臭。还有一辆破烂拖车停在路边停车带上，一个孩子玩的沙滩风车叶片还在风中转动，红色塑料玫瑰从一排开裂的白色浴缸里绽放开来，旁边是一张烂了的野餐餐桌。拖车窗户被绳子和封口胶带绑紧，在一个窗户后面，十分显眼之处，有只孔雀标本。它是如此诡异，以至她停下脚步看了看。

这么说，你也喜欢我的佩西?

玛莎转过身来，发现问题来自一副厚厚的酒瓶底眼镜后面。眼镜的主人穿着件肮脏的运动衫，脏兮兮的裤子塞在一双溅满泥点的雨鞋里。两只耳朵上夹着一副助听器，助听器系在他的镜片上。他头上戴着顶棒球帽，看来刚喂完田里的牛回来。

刚才在沙滩上，她看到这人在试着解开缠结的渔网，并没有意识到他就是四眼唐纳德。二十年前的那个夏天，他们在这儿度假时，他还是个小男孩，总是穿着超大的雨鞋和大上三个尺码的短裤，在村子里四处晃荡。人人都认识他，主要是因为他让人莫名的紧张不安，看着他朝你走来，头一摆一摆像个牵线木偶，兔唇裂开露出里面的黄牙齿，那笑容像万圣节大头菜，又瘸又聋，头脑简单。她记得有一次在路上碰到他，一群本地小孩扯掉他的裤子，他们跑到田对面，嘴里大声喊着：四眼唐纳德，裤子上有屎印。只剩下他站在那儿啜泣。她还记得看到他瘦得皮包骨的白屁股露在外面，他努力从扭曲的腿上提起脏裤子。当时没有上前去帮他，玛莎觉得很内疚。

是的，我喜欢它，她回答道。它怎么了?

它住在那所大宅子里。下雨了。它的羽毛全湿了，它被水淹了，死了。尤金把它做成标本，可是它生虫子，尤金就把它给我了。它现在跟我住在一起，他骄傲地说，嘴角起了白沫。

玛莎好奇的是，这故事是唐纳德编的呢，还是他把事情弄混了。虽然她记得多年前尤金的确养过一对孔雀，它们总是坐在狗窝里，嘴里还发出令人毛骨悚然的声音。唐纳德也为尤金干点零碎活计，码泥炭、洗路虎车、放牛、清理沟渠。通常周围邻居谁需要帮手，他便去干点杂活。

7

这是一个潮湿寒冷的傍晚。她怎么会这么笨？泥炭用完了，小木屋里冻得要命。光线昏暗，浓雾迷漫，小岛全看不见了。白痴才会不提前备好泥炭。唯一一家卖泥炭块的店铺开车去也需要十五分钟，而且这个时间商店肯定已经关门。这里不是伦敦，不管什么时候她都可以跑出去买任何她需要的东西。她穿上夹克，开始找泥炭玛丽写有手机号码的那张纸片。放在哪儿了？她全无印象。自从她开始着手处理布兰登的手稿以来，家里到处乱糟糟。关于安塞尔姆·基弗和英国青年艺术家群体的笔记，为布兰登才刚开始的新书《绘画终点》所整理的关于艾格尼丝·马丁和克里斯·奥菲利的论文，这些东西散落一地。还有在皇家学院的一场演出的讨论，也许接下来还有荷兰和纽约的。她不知道拿这些手稿和论文怎么办。她不能就这样一扔了之。可是这些未完成的项目还会对谁有用？这么多的努力，浪费了那么多的时间。最后，在矮衣柜上的一个罐子里，在一堆旧邮票和锈铁钉中间，她找到了写有玛丽号码的纸片。

她拨了号码。科尔姆接的。

噢，我以为这是玛丽的电话。很抱歉打扰你。我是玛莎，你知道，住在布兰登小木屋的。我知道现在有点晚了，可是我太笨，泥炭用完了，现在冷得要命。你能不能给我送一袋泥炭上来？非常抱歉给你添麻烦了。

没问题。你现在在家吗？我喂完牛后马上就过来。你想要两袋还是三袋？

我估计三袋才行。

当科尔姆到时，天已黑透，仿佛黑色窗帘从天上拉下来。风很大，雨倾泻而下，在小路上冲刷成一条小河。科尔姆停好他的红色小货车，卸下泥炭袋时，门被风吹得砰砰直响。他在大雨中弓着背，把肩上的袋子放稳，扛着它们走进厨房，在石板路上留下一串靴子泥印。他猫腰蹲在炉子前，塞了些揉皱的纸进去，照亮炉口，擦燃一根火柴。随着火焰燃起，又添了几块干泥炭。玛莎裹在大衣里，在房间另一头远远地看着，她注意到他的连帽厚夹克缩到牛仔裤之上，露出后腰的一片汗毛。

现在应该好了。有个小窍门：加一点点煤进去，这样会更暖和些。如果你要的话，我明天给你送一袋煤来。他说着站起身，提了提牛仔裤。

你真是太好了。你知道，我在城里住惯了，不太懂这些。听着，我打算喝点威士忌让自己暖和一下——能请你喝一杯吗？我一般不喝这玩意儿，可是布兰登留下半瓶，今晚又这么冷。不过，也许你得走了？

好啊，喝点儿威士忌。

这么说，你经常见到布兰登？她说着递给他一杯酒，自己在沙发扶手上坐下，既然请他喝一杯，怎么着也得找点儿话跟他聊聊。

我们偶尔见面喝杯啤酒，大部分是碰巧遇到，很少约见的。他想教我一些绘画知识，看来他喜欢我的歌，而且他对爱尔兰诗歌也很有兴趣，不仅仅限于常见的叶芝和希尼的诗歌，他读过德瑞克·马洪的诗和卡瓦纳的《大饥荒》。他似乎是在爱尔兰寻根。不过，我相信这些你都知道，科尔姆说着摘下羊毛帽，揉了揉头发。

其实她不知道。不管布兰登对帕特里克·卡瓦纳感兴趣，还是对德瑞克·马洪有兴趣，她都不知道。这是她刚发现的她与之生活了三十多年的这个男人的又一件事。他们在一起以来，他从未流露过对爱尔兰有任何兴趣。他在英国长大，在英国读书，上英国寄宿学校。他与爱尔兰的联系少而又少，仅限于孩提时代的几次度假。现在他隐藏的点点滴滴慢慢浮现出来，就像小孩子用柠檬汁写的隐形字一样，只要放在火苗上烤烤，字就现出来。

他总是问起我的工作，科尔姆还在说。他一直劝我把我的诗集寄给诗歌杂志，听听评论反馈。他说光为我自己或这个乐队写作还不够。想成为一名作家和是一名作家不同。许多人有想法，声称自己在写一本书，可那只是胡扯。真正难的是坐下来动笔写，并且持续写下去。他说得真对。

这么说，你写诗？

没错，不过主要写来给尼尔和我唱歌用。布兰登鼓励我把它们汇集成册，他建议我给他看看。可是，把你的作品给别人看，你就暴露了。没给人看之前，你可以假装你他妈是个天才。唱给你的同伴听又当别论。至于文学？嗯，那又是另一码事。你知道我在都柏林大学学院读了三学期，可是在我爸去世后，我妈一个人打理农场忙不过来，我觉得她应该卖了农场，搬到凯尔西温去住，在超价商店找份工作。可他们一直喂牛养羊，而我又是在这儿长大的，所以我就回来了。当你喂牲畜时，你有大量时间在脑海里创作。特德·休斯也养着羊，所以我也算有个同道。

科尔姆，我不是诗人，哪怕作家也算不上，但我是老师，也喜欢阅读，所以，如果你觉得会有帮助的话，我很高兴读读你的诗歌。

科尔姆的道谢不置可否，他戴上羊毛帽，往下扯直到盖住耳朵，一口喝干了杯里最后一点威士忌，起身要走。

她令他尴尬了吗？她为什么要那样说？难道她还不够忙？他脸颊上黑黑的全是胡子楂，几天不刮就不行。

我得走了，他说。外面的路很脏，明天我会送袋煤过来。如果你不在家，我就放在台阶上。

星期五

1

她胸口紧绷绷的像一只鼓。鼻塞。哪里都疼，头、背和四肢。她本想清理完布兰登的书房，可是实在没有力气。在这种时候、这种地方，她可不能得流感。外面风呼呼地刮着。她走到洗手间找药。柜子里只有半瓶漱口水、一包旧剃须刀片和一瓶泡沫剃须膏，瓶身上锈迹斑斑。她找到一点过期的阿司匹林，在玻璃杯里泡了三片，然后用这水漱口。还找到半罐维克斯润喉膏，她用茶勺刮下剩余的薄荷醇膏，放在一只碗里，再倒入开水，然后坐在厨房桌前，用一块茶巾覆在头上，大口吸气。她感觉得到尤加利蒸汽透进她堵塞的鼻子，鼻腔里充满了蒸汽。小时候，她很容易得急性支气管炎。她母亲总要让她在卧室里闻那难闻的安息香酊和赖特煤焦油。生病总是和那些气味联系在一起。她一连好几周请假不上学，呼哧呼哧地喘气和咳嗽，功课落后好多，几乎错过了学《麦克白》的所有课。最后，她母亲只得打电话给辛普森医生，医生拎着他的黑包带着冰冷的听诊器来了，他总是将冰冷的听诊器贴在她呼哧直响的小小胸膛上。

她找到热水袋，然后端着一杯热茶，拖着身子上了床。橱柜里只有一听沙丁鱼罐头和一罐西红柿汤，可外面太湿了无法出门，还好她也不饿，她只想睡觉，可是她迷迷糊糊正要睡着时，门外传来敲门声。她很生气地拿过抓绒衫穿上，她以为是尤金又来找她说她那块地的事，然而是科尔姆送煤来了。

看来我来得不是时候。我只是路过，觉得正好可以给你送点这个，他说着放下重重的袋子。希望我这么说你不会生气，我觉得你看上去气色可不怎么好。

是啊，我很不舒服。实际上，我难受死了。我很冷。我想我准是得了流感。在这儿生病真的非常不方便。

你有什么药吗？热甜酒、威士忌加蜂蜜柠檬，这些通常都管用。

我喝了点过期的阿司匹林，在橱柜里找到的，可是没有威士忌了。我想我们那晚喝光了，家里肯定也没有蜂蜜和柠檬，这地方可不是要什么有什么的，她说。她尽量说得轻松点，结果却说得结结巴巴。

这样啊。我还有几件事要办，要去送货，然后我会下山去凯尔西温。我反正要去的，正好顺路可以给你捎点烈酒和蜂蜜柠檬来，哪怕这些东西不能治病，也能让你精神好一点。我去镇上时，你还有什么想要的吗？

他自己就这么进来时，她还在睡觉，突然间他端着一杯热威士忌站在她的床尾。

你感觉怎么样？喝下这个，马上就好了。

她从被子里费力地坐起来，样子一定糟糕透了，头发乱蓬蓬，鼻子红彤彤。他站在她卧室里，这感觉很奇怪。倒不是因为他是个她根本不熟悉的年轻男人，而是因为她的睡房在阁楼上，只有一个小窗户，一切都很小，房间小得只够在斜屋顶下放一张双人床、一把椅子和一个小小的五斗柜。科尔姆手大脚大，一下把空间填满了，就像儿童玩具房里来了个巨人。

你真好，还可怜我，可是真没必要，她说着坐起来，接过马克杯。

是没必要，我知道。但我可是算计好的，玛莎。你知道凡事总有代价，他张大嘴笑起来。

哦，你想要什么？她边问边用团成一团的纸巾擤鼻子。

嗯，也许你已经忘了，玛莎，但我可没有。也许你只是随便说说，但我把你当成一个说话算数的女人。我想请你读读我的诗歌。我知道那天晚上你听过我唱歌，那很好很棒，我喜欢那种快乐时光，不过我真正的作品，应该是我的诗歌。我真的很后悔没有早点把我写的诗给布兰登看。你丈夫是个好人，我从他那里学到很多东西。他告诉我应该把我写的东西寄出去，后来我真的得了几个小奖，也在杂志上发表了几首诗。一次是在这儿，另一次在英国。当然这不算什么，可我真的想把它们结集成册。我不知道这些诗放在一本诗集里合不合适，也不知道得这个奖——它不算什么，所以，我也不用逃避——和发表那些诗歌是不是全凭运气。你能提提意见的话，我真的很感激。注意，我不需要你顾及情面，我不要那种叶芝般的“轻点踩踏我的梦想”[1]的胡说八道。我要你说

1 此句出自叶芝诗歌《他希望得到天堂的锦缎》（“Aedh Wishes for the Cloths of Heaven”）。

出你的真正想法：我是否有机会发表这些诗。

科尔姆，你觉得我的意见值得一听，真让我受宠若惊。听着，我不是职业作家，她说着将油腻腻的头发别到耳后，虽然布兰登不是诗人，但他是个颇有造诣的评论家，而我只是个老师，不过我倒是读了不少书，所以如果你觉得我的意见对你有帮助的话，我很荣幸有机会欣赏你的诗歌。

非常非常感谢，玛莎。你真是太好了。我下次路过时，会把它们带来。不管你需要什么，打个电话就行。

2

她穿着睡衣，正在加热科尔姆给她带来的一罐汤。这时尤金打她的手机，他想请她一起吃饭，他一个人，想找个伴。她告诉他，她觉得不太舒服，她不能去，跟他说话这时节，她正穿着睡衣和套头毛衣在热汤呢。

那我过来看看你，给你带点烟熏三文鱼或别的什么。

老实说，尤金，我希望你别来。我现在这样子非常糟糕，见不得人。

她放下电话，走到隔壁，拢好火，端起汤，拿着一片吐司才刚坐下，门口就传来敲门声。她拿掉膝盖上搭着的格子毛毯，起身去应门。尤金站在雨里，一手拿着一包烟熏三文鱼，一手拎着一瓶香槟。

天哪，尤金，你也太快了。我十分钟前才挂了你的电话。这儿简直像克拉彭枢纽站。我不太舒服，一个人刚打电话过来，另一个人就嘭嘭敲门了。我还以为这儿是偏远之地呢。不管怎样，你看，我这样子实在不雅。她说着用纸巾擤了擤擦得通红的鼻子。好吧，既然来了，你还是进来吧，不过，如果你得了感冒什么的，可别怨我，别说我没警告过你。我知道你那些唯恐天下不乱的律师们什么德性，你就要告我把流感传给你了，而我还蒙在鼓里不知道。

他无力地笑了笑，关上门，然后把鱼和酒拿进厨房，不知道拿它们怎么办。

如果你想在这里待会儿，你就给自己倒杯威士忌吧，她在他身后喊道。就在边上，我为了治病刚买了一瓶新的，不过我现在不想动，你自己倒吧。

她可以听到他开关橱柜找玻璃杯的声音，然后他走进起居室，手里端着一大杯酒。

坐吧，尤金，如果你一定要坐会儿的话。这么突然，有什么急事吗，你非得在这么一个晚上来见我？

问题比她预想的要大得多。他在紧挨着火炉边上的一把扶手椅上坐下，说了起来。他的生活再也不是他自己的了，跟布丽基特离婚拖了太长时间。她想夺走他的一切，他的商业资产、位于金赛尔的房子，甚至连他的狗她都要。

玛莎，她根本不喜欢它们。以前它们要是进到我们房间，睡在我们床上，她准气得要命。

他还在滔滔不绝地说着，看来，尽管他貌似粗暴强横，实际上最怕的就是独自一个人待着，这也就是为什么西沃恩能够连哄带骗地闯进他的生活。一日将尽时，他需要有人陪他一起吃饭，一人一半地喝掉一瓶博若莱葡萄酒，再陪他上床睡觉。

你知道，玛莎，我应该与你这种女人交往，他说，没有一点嘲讽之意。有魅力、感性、成熟。

她不知道这是否算是种侮辱。她没觉得自己流鼻涕的鼻子和有斑点的皮肤有何吸引力。成熟和感性从何谈起？

对你而言，我太老了，尤金，不出两分钟，你就会烦我。再说，你会惹我生气，最后结局是我想杀掉你。她说着打了个喷嚏。

他笑得犹疑，不知如何回应她这满含嘲讽的英伦幽默，不知道她是当真的，还是在开玩笑。他小口喝着威士忌，她突然意识到，尽管尤金现在有点儿胖，他曾经也是个英俊高大的男人，在这种养尊处优的生活和大抽雪茄之前，他还挺抢手。可是他说话声调平平，内容单调，仿佛与他人交往的整个过程让他力不从心。她疑心也许他多少有点自闭症，因为他这个人身上缺少了与人交往的细胞。她为这个有钱人感到遗憾，除了一个得了流感的英国女人，一个他不怎么了解也不怎么喜欢的女人之外，他居然找不到别人谈心。

她从布兰登那儿多少知道一点他的过去。他家里富裕，姐弟四人，多年来，他一直是最小且是唯一的男孩。他父亲是个败家子，好赌博，还喜欢跟女人勾三搭四，很少着家，对家事不闻不问。多半时间，你可以在利斯托尔赛马场跑道边的成员围场里找到他。他戴着那顶标志性的毛毡帽，脖子上挂着望远镜，一沓现金插在屁股口袋里。他研究赛马经，熟知驯马师和饲养员，知道如何挑选一匹马。而且，也必须承认，他赢多输少。赢钱后，他便明智地买下周围那些生活困窘的邻居的土地，不过此举让他很不招人待见；输了钱，他回家就拿尤金出气。这个小男孩向来沉默寡言——他母亲在他三岁那年得乳腺癌死了——他的羞怯总是激怒父亲，父亲只要一点点小事就能发作。有时候父亲在醉酒暴怒之下，会用皮带抽尤金，而尤金越哭，父亲就越凶。至于尤金的姐姐们，她们做什么都是对的。父亲喜欢女人，而他的三个姐姐又长得漂亮，父亲觉得女孩子就应该漂亮。她们知道如何对付他，讨好他，哄他，用她们的小手指将他支使得团团转。尤金慢慢懂得最好离父亲远点。他最快乐的时光是在家庭玉米供销店里度过的，店里卖各种基本的兽医用品。他喜欢给工头派屈克打下手帮忙。他觉得牛粪上的青草味很好闻，也喜欢饭菜装在很深的木头盒子里的感觉。他用大铁勺从木盒里舀着吃。到八岁时，他知道马扭伤了抹什么油，农场里的狗生虫了用哪种去虫粉。

布兰登是在尤金家下面的海滩上认识他的。一开始，尤金发现布兰登和迈克尔在那儿玩，很有敌意，对他们说这是他的海滩，他们不能在这儿玩。可是他们不理他。布兰登说，太傻了，谁能拥有一片海滩？每天尤金都会露面，坐在岩石上看他们玩。一开始，他有点喜怒无常，闷闷不乐，可是慢慢地，他开始跟他们说话。然后，一天下午，他跑过沙滩，去捡迈克尔刚踢给布兰登的球，球差一点就要滚入海里了。于是，那个假期剩下的时间里，他们一起玩板球，在岩石之间的水洼里收集钓饵，钓马鲛鱼，在石头垒成的圆形炉子里生火把他们刚钓的鱼烤来吃。

那时候他和布兰登都才十岁。

那之后，他们很少见面。不过当布兰登继承了这座小木屋后，他给尤金捎了个信，说他在巴林斯凯利格斯，这么多年后，如果两人能见个面聊聊就太好了。他收到尤金的回信。尤金坚持要他过去，在他的新酒店里玩一轮高尔夫。听说尤金在美国混了十年，在一家大公司工作，干得非常好。

作为一名年轻的公司律师，他一直保持父亲的老习惯，用他的积蓄买土地。他告诉布兰登，现在他回爱尔兰定居，不走了。运用自己在地产生意上的法律专业知识，他买下码头附近的一幢房屋，将其扩建并重新装修，建一座有藤蔓的玻璃房，一个暖房，还有一座亚热带花园一直延伸至海边。他种植一些这儿少见的棕榈树和兰花，因为有遮挡，这些植物全都茁壮茂盛。他还买下了三家酒店。其中两家风景异常美丽，还有漂亮的高尔夫球场，近期，他在爱尔兰码头重建上投下重资。

当他们从渡口开车去见尤金时，布兰登告诉玛莎，尤金对他的第二任妻子颇有怨言。一个典型的爱尔兰美女，乌亮的头发，雪白的肌肤，她非常热衷养马，尤金也纵容她这么做。她精力充沛，狂野不羁，似乎对马夫和马厩帮工也有热情。两人经常大吵大闹，吵完后是长长的冷战，罗伊被关在房间再不许出来，周围的吼叫声让他吓得直哭。尤金告诉布兰登，他认识布丽基特时年纪已太大，无法再生一个孩子了。再说，他不懂孩子。他从来不知道说什么合适，不知道说的话是太严厉了还是太宠着孩子了。后来，他觉得她的行为举止越来越反复无常，加上她明目张胆的不忠，令他觉得很丢脸。最后他将她赶了出去。她不肯善罢甘休，决不肯就这么一走了之，离婚花了他一大笔钱。

真可怜，布兰登说。我觉得尤金从没快乐过。他真的为人简单，可是仿佛又受什么东西驱使，仿佛他还在努力向父亲证明他自己。

3

我欠你一个道歉，玛莎，尤金郑重地说。他现在开始喝第二杯威士忌了。我并不擅长那些，所以请听我说完。

她担心他会在这儿待到很晚也不走。她只想上床睡觉。

我本该去参加布兰登的葬礼的，他接着说。当然，那天我有个商务会议，可那只不过是个借口。我感觉不太自在。这千真万确，我对天发誓，我是因此没去的，可我应该去。我这一生中没有爱过几个人，玛莎，可是我爱布兰登。他做了些以前没有人做过，在他之后也不会有人做的事。我觉得他像是我的亲人。而且，我们还是孩子时，他愿意做我的朋友。我们一起钓鱼，在海滩上玩，都是以前我从没有做过的事。我总是孤单一人。虽然我有姐姐们，可我比她们小很多，我是最弱小的老幺。布兰登跟我玩，他从不要求回报。多年后当他从英国回来，一切都没变，我们聊得很开心，玩上一轮高尔夫。他可能已经卖掉了那些看起来像建筑工地里的破烂画作，可是他知道他在说什么，哪怕我不是个怎么有回应的小学生，而且他从不会强人所难。我本应该去向他道别的，向他致以我的敬意。他曾是我的朋友啊。我真的很惭愧。

她不知道如何回应，可是这个不善交际的男人挣扎着表达他对她丈夫的感受，又令她十分感动。

我敢肯定布兰登不会介意的，尤金，我敢肯定他知道如果你能去的话，一定会去的。

那只是也许。可是我本应该去的。

星期六

1

当她打开前门，出去收晾晒的衣物时，她发现台阶上有个塑料包裹。里面塞了张字迹潦草的字条。

> 不想打扰你，你可能在睡觉。希望你正在康复。这是我的手稿。不着急，读完后请告诉我你的看法。真实的看法！
>
> 科尔姆

她没有马上读，而是走进布兰登的书房，找出一张布鲁诺的照片，她几天前发现的。那是在太阳落山时的海滩上拍的。相片角卷了，上面还有些刮痕。然而这张相片却有种魔力，将多年前一个普通的八月黄昏变成有形可触的实体。这是她的圣骨，是她的真十字架碎片。布鲁诺永远年轻，永远是她可爱的孩子。他永远不会长青春痘，永远不会考试不及格，永远不会像她住在伦敦北区的朋友们的青春期孩子那样因为吸毒被警察逮捕，永远不会在周六晚上从酒吧出来在路边呕吐，永远不会有个不合适的女朋友，永远不会在她生日时忘了给她打电话祝贺，或撒谎他去哪里了。布兰登将这照片藏在他抽屉最底下，这是他个人的死亡象征吗？她记得她拍这张照片时的情形。她只是叫布鲁诺从海里出来，穿衣服，他们要回去了。布兰登已经收好湿毛巾，卷起防风围栏，布鲁诺叫着：再玩十分钟，妈妈。她正要收起照相机，却转身看着他在冲浪板上挥手，他的胳膊举过头顶，在低沉暗淡的太阳前面，像个桀骜不驯的男孩。

几年前，她的朋友林赛去美国科罗拉多旅行时，参观了当地土著保护区，给她带回来一个捕梦网。是用细枝和羽毛做的，这种捕梦网一般是由爷爷奶奶为他们新出生的孙子孙女织的，挂在他们的摇篮上，为了给他们宁静的梦。好梦认识通向做梦者的路，经由羽毛一路走来。最轻微的动作便能指引到另一个好梦中来。而噩梦，却会迷路，陷在网内，在日出时消散不见。如果记忆也是这样就好了，如果她能保留那些美好的东西，而让其余的东西随着凌晨时的迷雾一道消散就好了。

2

当派迪·奥康纳从都柏林回来时，他离开家乡已经有三个公羊集市[1]了。他用自己错过的集市来计算日子。都柏林起初对他来说非常陌生。海关大楼、四法院、旧议会大厦和圆形医院。复杂的公共汽车线路、上上下下的电梯，连食物也很奇怪。离开家乡一切都不容易，他想念兄弟姐妹。当他拎起破旧的皮箱到凯尔西温去赶巴士时，爸爸站在小路转弯处目送着他。

走吧，派迪，儿子，走。记得写信回来。

他离开家乡的那些日子里，总会将工资的一部分寄回来。八月，他终于及时回来，赶上了集市。大家为他举办了一场派对，找来手风琴手和小提琴手，买了一小桶健力士啤酒，开啤酒桶时没开好，酒桶周围的几个家伙被啤酒弄得湿透了。桌子椅子被推后靠墙摆放，人们跳舞直到凌晨，煤油灯熄灭后，筋疲力尽的邻居们才各自回家，明早还要干活呢。

虽然疲惫不堪，第二天他还是起了个大早帮他爸把牛赶到集市上去。有两三头牛挣脱开来，一路跑回牛栏，回到那

1 爱尔兰最古老的集市之一，每年8月10日—12日在凯里地区举办。

些不去集市的牛群当中，所以他只得又从头来过。

儿子，开价比你想要的高一点，父亲说。他们推着自行车走在牛群旁边，去基洛根有五十英里地呢，十字路口有家临时搭建的乳制品作坊，牛奶工的驴车上有刚搅拌好的牛奶卖。

路上热闹得很，全是牲口，牛、猪、马。父亲估摸着早饭前，至少会有价值八百镑的熏猪肉尖叫着来到镇上。当他们走上小镇街道时，一排排上了漆的有篷大马车在路边安营扎寨，从它们的炉子烟囱上冒出一缕缕白烟。马已卸下挽具，两腿间被缚住，一瘸一拐地在岸边吃草。洗过的衣物晾在山楂树上，人们生起火在做晚饭。流浪汉们还是老样子，闯到镇上喝酒、讨价还价、乞讨，跟安顿下来的人们找碴吵架。

这地方人满为患，简直要爆炸。男人们推搡着牛群，因为他们想去酒吧；牛群推搡着男人们，因为它们刚抢到旧石墙上的一嘴青草。街道上牲畜的粪便简直厚及脚踝。

粪便和金钱。

每个角落里都有些会耍花招的商人。约翰·乔·科洛皮在玩“六连中”牌戏，一只猴子立在他肩头，吸引人群到发牌机前来，而人们很快就发现这机器永远不会停在某些数字上。还有光脚算命的——用格子大披肩把脏兮兮的孩子系在扭动的腰肢上——将泥手里的石楠花枝扔到过路人的脸上，预测他们“将要出远门”或“有意外之财”。

离正午还早，广场上，舞台已搭好，最后的准备工作都已完成，等会儿公羊就会被升到台上放好。橙、白、绿的旗帜在木头脚手架上飘扬。弗兰克·侯立根，负责到山上捉山羊的人，一大早就来了，现在用自己哐当哐当作响的小货车带着这头愤怒的动物走街串巷地游行，后面跟着一支本地管乐队。女学生们穿着星期天才穿的最好衣服，头上系着绿色缎带，做好准备伴着《利默里克之墙》和《海默克的吉格舞》的音乐表演凯利舞。本年度的年轻女王身穿自制皇袍，当山羊总算由她给戴上黄铜皇冠后，年轻的流浪汉们简直疯狂了，他们头戴醒目的纸帽，脸上涂着煤灰变得黑黑的，他们骑上没有马鞍的马在镇上横冲直撞，妇女、儿童四下走避，四面八方都是警卫。

那一年，他和他爸买卖做得不错，一天结束，喝完几品脱啤酒后，口袋里还有几先令。有些人就没有那么幸运了。他们颇为同情那些钱袋空空、精疲力竭赶着疲乏的牲口回家的伙计们。可是他脑子里还装着别的事。尤金·瑞奥登的信还躺在矮柜上阿兰岛的纪念盘子后面，他还没想好怎么做。

3

玛莎在学着独处。孤独自有其纯净之处，像水晶、像冰。她可以想象自己是修女，也许是诺维奇的朱利安。她的每一天都详细安排好，一系列灵修练习、一段段沉思与冥想，学习与打理花园交替，养蜜蜂，为自己种的小萝卜和羽衣甘蓝锄草，培育草药，如琉璃苣、野甘菊和迷迭香。日子因为失去爱，缺乏人际交往而变得简单。别的文化会刻意安排一段哀悼时间。在希腊偏远的农村，失去亲人的妇女要哀悼五年。她们彼此交谈时，只说去探望丈夫或女儿，而非去上坟。悲伤需要时间来慢慢治愈，可以理解。只有在尸骨被挖出，骨殖被放在金属盒中与其他亲属的骨殖一道存放于当地藏骨堂后，哀悼期才宣告结束。亲友们披麻戴孝，让大家知道他们有丧亲之痛。可是她只在漫漫长夜的守望中，只在脑海孤独的最深处哀悼。

一连多月，她不让任何人移动布鲁诺房间的任何东西。从童子军夏令营拿回来的背包里的脏衣服一直没有拿出来，直到它们发臭长霉后，不得已才扔掉。当布兰登无法安慰她时，他开始躲避她。那天下午她爬上布鲁诺的床上哭泣，抱着他光秃秃的熊猫，直到再也哭不出来时，他准是跟苏菲在一起。

在布鲁诺冰冷的房间里，她一躺就是几个小时，她的脸、她的眼睛又红又肿，她无助地盯着天花板发呆。

她开始去游泳。睡不着时，她很早起来，去游泳池。她穿上黑色的旧泳衣，把自己的用品锁在储物柜里，踮着脚尖走出来，避开木板路上的泥水坑。清晨六点半，这地方通常没有人，只有一名清洁工在拖瓷砖地面，还有一位戴着游泳眼镜的老人总是在慢泳道里一起一伏，水珠从他那海象般的胡须和枯瘦的手臂上滑落。她脚趾曲着站在泳池边上，对"禁止跳水"的标志视若未见，纵身跳入充满氯味的水中。当她奋力往前游时，一道长长的水花就像苏打水里升起的泡沫那样在她身后漂浮，一段又一段单调的距离，她胸腔和肩部的肌肉抵着玻璃水墙收缩扩张，她的心一下一下地跳动，体力运动令她那不平静的大脑安宁下来。

她走路去游泳池，如果是下雨天，她便搭公共汽车去，车上都是赶早上班的人。在巴士上层，她要么跟东欧来的办公室清洁员挤在一处坐着，要么跟那个大屁股的非洲女人挤在一起，那女人老是坐在同一个座位上，脸颊上有瘢痕，柳条购物篮放在膝上，不管什么天气，宽大的脚上总是穿着金色凉鞋，两脚张开。玛莎出神地望着她那一头复杂的小辫，那辫子就像无数条线将这座脆弱的城市交织在一起。

最近她在《伊斯灵顿公报》上读了一则令人不安的故事：有一对住在皮保迪庄园附近的老夫妇，老先生为邮局工作了四十多年，退休后极少外出。偶尔能看到他趿着拖鞋去街角的商店，向土耳其店主点头打个招呼，拿起《每日镜报》、一盒牛奶、一盒海军牌香烟和两罐烤豆。邻居们常常看见他因为拎的黑色塑料袋太重而在楼梯上休息。越来越多的人投诉顶楼公寓里飘出奇怪的味道，住户们打电话给管理处，卫生检查人员被派来检查，可是无法进去。人们开始留便条，但是臭味越来越浓烈，也有人看到过寄生虫。后来，有一天早上，楼下的年轻孟加拉女人听到一声尖叫，她冲上楼，发现老太太站在顶楼楼梯平台上，弯腰对着一堆破烂。原来是她丈夫中风了。大家叫来急救车，可是老太太不让他们把他带走，除非她也跟着去。她告诉急救人员，五十年来，他们从未分开过一天，看得出她非常难过。当他们在医院时，工人们在大楼背后搭起脚手架，破门进入了公寓。

每间屋里都堆着腐烂的垃圾袋，卧室、厨房全都是，甚至连洗手间里也全是。老先生多年来一直在街上捡拾垃圾。这是怎么开始的？是什么促使他拖着这些污秽之物爬上四层楼？难道他们的生活如此了无生气、如此单调乏味，以至于为了感觉到自己的存在而不得不回收别人的垃圾？

4

昨天下午玛莎走路经过勃洛斯海德上到海岬上的拿破仑塔。一日将尽，天光暗淡，巨大而半透明的阴影将光线淡化了。记忆似乎回荡在冷漠的石头和岩石里。她站在狂风中，望向黑漆漆的海湾，忽然间觉得自己是这么渺小。灰色的大山和闪耀着金属般光泽的大海，仿佛融进了点缀着巨石和绵羊的褐色灌木丛中。卡斯帕·大卫·弗里德里希[1]从悬崖上望向朦胧的远处时，也是这种感觉吗？健壮的库特兹，伫立在达利安山巅，鹰目炯炯，凝望着太平洋[2]；弗洛伊德因这种感情与信仰类似而未予理会。但是它们无须一定要虔诚，不是吗？难道它们不仅仅是人类意识的一种表现方式吗？超越平凡的一种渴望？为那些常常被认为无意义之物赋予意义的需要？在嘈杂喧闹之下、在繁忙拥挤的街道上，难道就没有一个纯净音符来表达我们的渴慕？她的感觉可能与那些虔诚的神秘主义者相似，但那并不意味着就没有别的方式来理解它

1 卡斯帕·大卫·弗里德里希（Caspar David Friedrich, 1774—1840），德国浪漫主义风景画家。

2 此句出自济慈的诗歌《初识查译荷马史诗》（"On First Looking into Chapman's Homer"），略有改动。

们。难道不是这所谓的爱将她与已故的丈夫、孩子联系起来？将她与所有在这片原始土地上生活受苦的人们的历史联系起来？

5

她从购物袋中拿出科尔姆的手稿，打开一瓶红酒，在火炉边坐好。她不知道等待她的是什么。不知何故，他是用旧打字机打的这些诗歌，所以字母e和a比其余字母稍高一点。刚开始时，她读得很慢，试图通过各种意象来理解他的诗。她很久没有读诗歌了，一开始，觉得很难把握韵律和句法，各种思路如潮水般涌来。另外有些诗又仿佛有意不和谐、不连贯，像雨点敲打着棚屋屋顶。有些诗歌的背景明显是凯里地区荒凉的悬崖峭壁和海滩，另外一些看似又像在都柏林写的，但他笔下的都柏林是迷失的都柏林，是乔治王朝时代的城市。十八世纪坍塌的房屋，幽灵在幽暗的房间里飘荡。那里面弥漫着阴影、蜂蜡的味道和性压抑，满是陈旧难闻的香水味，充塞着未曾言明的记忆。当其他诗人，如希尼在歌颂爱尔兰生活的温暖时，科尔姆却想要打开那些忌讳的话题。严厉的教会、受压抑的女性、牧师的权力以及他们在性方面的不检点。纵观他所有的诗歌，其中还有虚无缥缈的他者之存在。玛莎无法肯定它是男是女，是情人或是镜像中的自己。它转瞬即逝，像模糊玻璃上的映象，像布满灰尘的酒吧窗户角落，又像狂风肆虐的孤独海滩。

她很吃惊。她没料到这些诗歌竟出自这个头戴蓝色羊毛帽的年轻人笔下。她原以为会是某些更为传统的东西。她好奇他的生活到底什么样，他在都柏林做过些什么，他是否出过国，他有女朋友吗？她甚至不知道他多大年纪。

6

科尔姆从未加入绿党或共和党等任何政治党派。他曾想过要加入都柏林的一个环境保护组织，结果却参加了一个乐队。倒并非他不关心政治。他痛恨凯尔特之虎[1]这种鬼话，说得好似人人都找到了轻松赚大钱的方法。那些能够发财的发财了，那些没能发财的，就无所事事混日子或者猫在家里吃福利。欧洲！那些白痴的举动好像他们家的富亲戚正在施舍家里每个人。财源滚滚，钱多得不像真的。突然间，有地可卖的人都成了百万富翁。开着四驱车到处乱逛，一杯健力士或黑啤就可以搞定的，非得要开瓶香槟。整个都柏林码头区，开发商都在建鞋盒大小的公寓，总有傻瓜会上当受骗来买。人人都在金融业或保险业里干活，甚至连凯里也成了旅游大热门。基拉尼和特拉利炫耀它们的大酒店和高尔夫球场。凯里之环上全是美国人的空调旅游大巴，车上的人穿着防雨外套，衣领上别着三叶草徽章。他们在寻找拍摄电影《雷安的女儿》的海滩，难道他们没有意识到他们连同好莱坞版本的爱尔兰

1 爱尔兰共和国在20世纪90年代经济迅猛发展，一跃成为全世界最富有的国家之一，被誉为“凯尔特之虎”。

历史才是问题所在吗？沿着海岸线突然冒出的无数平房破坏了他深爱的这片原始土地。凯里人民本来都是好人，老实本分，前不久他们还只是农民，将他们自己生产的牛奶用驴车运着去集市上卖，他们相信精灵，相信原罪，相信圣母无原罪始胎[1]和圣母马利亚的哭泣雕像，而现在他们全都是未来的地产商。

他不知玛莎会怎么理解他的诗歌。她人很好，对她这个年纪的人来说，她仍然相当漂亮，但是她骨子里有种脆弱的东西。他听说过她儿子的事，不过布兰登从来没提过。

1 天主教相信圣母马利亚及耶稣基督成胎时，在灵魂注入肉身的时候即蒙受天主的特恩，使其免于原罪的沾染。

星期天

1

橱柜里除了半盒干意大利面、一点浓缩固体汤料和几个茶包外，空空如也。她这段时间就靠着这些残渣剩料活着。她对烹饪再也没有任何兴趣。可是她需要基本的补给，星期天不容易弄到这些东西。她钻进汽车，开车下山去。今天早晨分外美丽，你简直想不到前几天天气还那样恶劣、变幻莫测。当她开着车朝海湾去时，大海十分宁静，白色的海浪就像婚纱，沃特维尔镇后面的褐色大山柔和起伏。春天简直就要到了。

她转弯离开大路。如果她等到了小镇后再下车走走的话，太阳可能就没了。她将车停在路边草地上，朝海滩边年久失修的小修道院走去。一个正在墙边干活的石匠对她说早上好，也许看她不像本地人，还问她是不是艺术家。潮水落了，可以闻到浓烈的臭氧和海藻味道。成群的黑白涉水鸟儿在阴影下的水里走着，寻找贝类食物。她不太清楚这是些什么鸟，估计布兰登认识。

她走进大门，来到墓地。根据市府牌匾上的信息来看，十二世纪在此处建立的宗教社区规模还很小。在一场恶劣的冬季风暴后，斯凯利格的僧侣们断了饮用水和食物，处于半饥饿状态，再加上败血病和肺炎的折磨，他们放弃了岩石上的静修。他们在这里采用奥古斯丁法则，不再坚持在大西洋中的高山静修所时的极端苦行。一份以爱尔兰语和英语写的通告上说，这所修道院是为了纪念圣迈克尔而建的。她不知道圣迈克尔是谁。是不是跟天使加百列一样？这所修道院的大部分地方都已腐朽，屋顶坍塌。教堂和民用建筑围着内院而建，绕着院子是一条有篷顶的回廊，僧侣们在这里干活祈祷。现在只剩下部分大厅和塔。僧侣们的房间、祈祷室、医务室、厨房、餐厅和客房全都不存在了。六百年前，小教堂的钟声敲响，召唤人们去做晨祷。迷雾中，它那幽灵般的回响一直传过海湾，到达马岛。

所有的墓碑都面向大海。有些墓碑是用盖尔语刻的。其他墓碑在带着海盐的大风吹袭下，破旧斑驳得像脱落的牙齿。接近当代的坟墓上竖立的墓碑是黑色大理石的，上有机器蚀刻的耶稣受难十字架和哭泣的圣母马利亚。它们大概来自殡仪馆，或者是墓碑经销商。你付钱，从商品目录上选好你要的墓碑就行。小天使是献给梅芙阿姨的，饰有常青藤花环的十字架是献给肖恩叔叔的。在最近几次风暴中，波涛冲破了教堂围墙，许多石碑被拔出、撞得粉碎。塑料玫瑰和圣诞节花环被抛在地上，被雨水浸透，脏兮兮的样子。一串念珠从水泥天使的断指上垂下来。

同样的名字一再出现。苏格儒。欧沙利文。奥康纳。墨菲。纪念约翰·P. 希亚和他的妻子凯瑟琳的大理石墓碑于1973年由他们美国的孙辈竖立于此。他们为什么离开巴林斯凯利格斯？是什么让他们打包被褥，收起钟和瓷器，坐船到遥远的纽约？玛莎想象着他们的后代，一口美国口音，牙齿洁白，星期六下午，观看匹兹堡海盗队和底特律老虎队的比赛，为他们喜爱的投手加油，平日里，律师、水管工或是看门人，该干吗干吗。爱尔兰在他们心中不过是个古色古香的遥远记忆。她走过一个白色水泥心形雕塑，石膏小天使和无头圣人分立两旁。

纪念我们的宝宝玛丽·约瑟芬·奥康奈尔，去世于1963年12月5日。愿她安息。父母立。

2

她飞快地转身，回到车上，可就在她刚把车开到大路上时，有个老人朝她挥手要她停下。她停车，搭上他。等他打开车门爬上车，在她身边坐好后，她才发现他身上烟味太重。可惜太晚了，没有办法，只能送他到他要去的地方。他的凯里口音太浓，她听不太懂，不过总算弄明白他是要去加油站，买一个星期的生活用品。方圆数英里内，只有那家店，不光卖汽油、柴油，也卖成堆的泥炭块和成捆的蜡烛，干枯的红萝卜、皱巴巴的苹果、饼干和茶叶。她在商店的前院里停下，待他拎着网袋蹒跚着下了车，她摇下车窗透气，让新鲜空气进来。

越过那片荒野到凯尔西温去有十五英里路。市场街上大部分十九世纪的建筑物外墙都涂上黄和蓝，蓝和绿，或者红和绿的颜色。许多建筑物上插着共和国旗帜。这儿有许多慈善店和凯尔特人工艺品店，还有一个小镇必不可少的酒吧，如凯利酒吧、席宾小酒吧、凯里海岸酒店、镇酒廊、竖琴吧、锚链吧、克瑞里恩吧、角落酒吧、查黑利酒馆、汤姆酒馆、斯凯利格摇滚、费莎吧和迈克穆尔特吧。窗玻璃上厚厚一层灰，仿佛哪户人家阁楼里的东西全塞在那里面。锈迹斑斑的

Oxo[1]锡皮盒子、老式苏打瓶、几盒普雷尔6号香烟、一团绳子、一罐绿白的卡斯特尔润滑油。一个瓶中船模型，一个木制牌匾上写着：爱你的邻居——但别被抓到。许多马蹄铁收藏品，一个石头热水瓶，以及马耳坦浓黑薄切烟草的红盒子。几片能割断喉咙的刀片、大镰刀、一个水龙头和一顶旧皮帽。

沿着街走到一半处，是奥谢殡仪馆和一家羊毛商店。后者店内塞满了编织图样和一盒盒的纽扣。紧挨着这家商店的是家游乐场，不过似乎永远都关着门并不营业，还有一家五金店，里面出售土地神像和石膏圣徒。麦考恩家褪色的花布窗帘从空荡荡的窗户里飘出来。

她漫步走入教堂。这座教堂是以镇上最有名的居民丹尼尔·奥康奈尔命名的。1829年，他为爱尔兰天主教徒赢得了公民权利。一块油漆板上跟踪记录了为塌陷屋顶募集的整修基金增长状况，十九世纪沉重的建筑没有太大优点。推开厚重的木门，她感觉仿佛突然置身于法国或意大利的村庄。大大的红木告解室就在一排燃烧着的蜡烛旁。前方靠近圣坛的地方，两个戴着头巾的女人低头坐在那里。墙壁上画着耶稣背上十字架、前往刑场游街示众的苦路场景，她还闻到变质了的焚香味道。玛莎本想去点燃一支蜡烛，但想想后还是算了。圣坛另一边，一对蓝色条幅敦促来访者：忏悔，信奉福音，回归主、你的上帝身边。她拿起一册宣传单，上面宣称平均每周有大约两千个灵魂来此参拜主。是真的吗？抑或是因为近期的天主教丑闻而产生的良好愿望？她觉得人们正成

1 食物品牌名，售卖浓缩固体汤料等。

群结队地离开教会呢。

在旁边的小教堂里，柱子上用宝贴万用胶贴着一张横格纸，上面是手抄的祈祷词：

慈爱的圣安东尼啊，你是穷人的守护神，是所有寻找失物的帮手。请帮我找回我失去的东西，让上帝莫大的荣耀赐予我可用的时间。向所有寻找失去之物的人——尤其是那些寻求重获上帝恩典之人，赐予你慷慨的援助。

她被这绝妙的逻辑打动了，从遗失的物品到失落的灵魂。她来到外面，站在门廊下。这儿张贴着祈祷会的海报和一个即将举办的有关家族暴力的讨论会。有关水援助组织和为天主教婚礼做准备的课程。橡木桌上，一盘硬币旁，两个回收的可口可乐瓶用写着字的碎纸条包着，再用橡皮筋固定好，放在那里。

每个天主教家庭应该供应圣水，宽恕可原谅的错误。无尽的精神财富就包含在一小滴被祝福的圣水之中。

外面，墓地上覆盖着青草和水泥，不过她手中的宣传单告诉她丹尼尔·奥康奈尔埋在这块墓地的某处，可是她没看到一块墓地。她再阅读，发现梵蒂冈的红花侠，休·奥弗莱厄蒂阁下也埋葬于此。看来英国人不爱奥弗莱厄蒂，他支持爱尔兰共和军。他母亲家是当地农民，他父亲是一名警察，也是职业高尔夫球手。奥弗莱厄蒂年纪轻轻便很讨人喜欢。他是个拳击手，也是高尔夫球手，偶尔在他父亲的高尔夫俱乐部当球童，零差点选手。然而，尽管他运动天赋极高，他还是响应天主的召唤，接受了圣职。上个世纪三十年代，他在埃及、加勒比海和捷克斯洛伐克待过一段时间后，被派往罗马。那儿很多人觉得他不好相处。他在梵蒂冈晋升很快，获得高尔夫业余比赛冠军时，他颇为意外，并不得意。到1942年，德国人和意大利人开始镇压犹太人和反法西斯人士时，奥弗莱厄蒂却和这些人是朋友，战前曾同他们一道打过高尔夫。他将他们藏在修道院内，甚至藏在他自己家中，跟盖世太保玩猫捉老鼠的游戏。虽然他以前反感英国人，现在却开始帮助英国战俘逃亡。傍晚，他在广场对面的德国士兵和教宗的注视下，在梵蒂冈中立区的圣彼得大教堂的回廊上散步，呼吸新鲜空气。战俘和犹太人都能找到他。他将他们化装成身披教袍的高级教士或穿上教宗瑞士卫队的制服，偷偷带他们穿过德国公幕来到他以前求学时的旧学院。一天傍晚，一个面色苍白的年轻犹太人从阴影里溜出来，把他拉到一边，从腰上解下一条很沉的金链。他低声说道：他和妻子随时可能被捕。他们会被带到德国，肯定会被送到纳粹煤气室毁灭。他们有个小儿子，才七岁。阁下大人能否考虑同时收下金链和他儿子？金链上的每一环能让他活一个月。奥弗莱厄蒂同意了，同时还设法为这对父母搞来了假证件。战争结束后，他把男孩和金链都物归原主送到这对父母身边。

罗马的盖世太保头目赫伯特·卡普勒设下圈套，当奥弗莱厄蒂跟为其行动提供资助的菲利普·多莉亚·帕米利亲王一道进餐时，党卫队包围了宫殿，奥弗莱厄蒂设法从地下室逃走，坐运煤车跑了。在罗马的9 700名犹太人中，有2 000人是在教会的默许下被送往奥斯威辛集中营的，其他人则是被勇敢的教士和修女救下。战争结束后，卡普勒被判终身监禁，关押于加埃塔监狱。唯一的探监人只有奥弗莱厄蒂，他让这个曾杀死数千人的刽子手皈依了天主教。

玛莎曾参观过罗马犹太人聚居区，印象很深。现在那儿成了波希米亚区，全是酒吧餐馆。当年她和布兰登去那儿旅游时，窄街转角处还有一家意第绪面包店，门楣上还刻有希伯来文，准能追溯到古罗马时代。那家店卖罂粟子麻花面包和美味的奶酪蛋糕。那时，她漫步走入一个小广场，留意到墙上有块牌匾，注明罗马犹太人就是从这儿被押上卡车运往死亡集中营的。她想到爷爷离开苏黎世前往伦敦，看来瑞士可能是中立区，但人们还是觉得不安全。

隔离、驱逐。铭记。遗忘。犹太人和爱尔兰人有许多共同之处。当詹姆斯·乔伊斯将利奥波德·布卢姆[1]设定为犹太人时，他一定有他自己的理由。初看，犹太人和爱尔兰人似乎完全不同，但仔细看，他们像一出生便分开了的两兄弟。两个古老的民族命中注定成为局外人，屈从于怀疑与嘲笑而周游世界。上个世纪五十年代的伦敦，寄宿公寓门上贴着的公告明确规定黑人、狗、爱尔兰人（如果他们想到了的话，很可能也包括犹太人）不得入住。有人甚至猜测爱尔兰人是一支失落的以色列人。布兰登·比汉[2]是怎么说的？“别人都有国籍，爱尔兰人和犹太人有精神病。”

1 乔伊斯的著名小说《尤利西斯》里的主人公。

2 布兰登·比汉（Brendan Behan, 1923—1964），爱尔兰作家。

难道是这些吸引她来到这个小小的国度？热情。随意。温暖质朴的情感？怪不得她有种宾至如归的感觉？她将宣传单放在走廊桌子上，离开。天开始下雨了。

3

科尔姆的文学领路人是布丽达·麦基纳。他还记得当她朗读到“野兽缓缓地走向伯利恒”[1]时，他脊背上窜过的一阵战栗。那年他十三岁，突然间，语言的力量令他兴奋。布丽达在回到家乡凯里之前，曾在伦敦那些很差劲的学校教过几年书。她消瘦、普通、严厉，头发用孩子气的发带束在脑后。她异常聪明，同情理解每个学生。她坚持认为科尔姆有必要工作。除了羊群、牛群和酒吧，除了娶你亲吻的第一个女孩之外，还有另一种生活。只要你愿意读书，只要你愿意探究这个世界，多问问题，不轻易接受万物固有、一成不变的说法，你便能有所收获。

他对大学学院并没太大把握，但他很爱都柏林。音乐会现场、博物馆、有着十八世纪房屋建筑的广场、绿色的大门和擦得锃亮的铜门环。如果情况不同的话，他很可能现在还在都柏林。那又会是怎样一种情形呢？如果他读完学位，他现在会在做什么？在大学教书？在一家出版社工作？经营一家书店？第一学期他们学了从叶芝到西尔伦·卡森的爱尔兰

---

1 语出叶芝诗歌《第二次圣临》（“The Second Coming”）。

诗歌。他以前也一直在阅读诗歌，不过那只是个人爱好。现在他很喜欢这种分析。用实验室的精准技术进行解剖，分解拆分意象。他读依婉·伯兰和保罗·穆尔顿，读保罗·奥斯特和伊塔洛·卡尔维诺的实验性文体，也读英国作家诸如马丁·艾米斯和伊恩·麦克尤恩。他知道读得越多，于他自己的创作越有益。

跟所有凯里人一样，他从小伴随着音乐一起长大。父亲是个高水平的小提琴手，而他母亲玛丽，到现在还有一副好嗓子。他从都柏林回来后，喜欢去酒吧听那些老人说话，偷听他们讨论国家大事，一聊起牲畜和政治、疝气和透支、足球和比赛便喋喋不休，说个没完没了。他们真能侃，每个人都像哲学家。

在都柏林的生活让他有机会发展他的音乐。在学校里，他对父母演奏的那套凯尔特人音乐不怎么感冒，他感兴趣的是U2和浩室电子音乐。有一段时间，他很想当个鼓手，成为五人摇滚乐队成员之一，玩玩学生演唱会。可是学习爱尔兰诗歌，让他找回了自己的根。他对所有虚假的凯尔特人、新世纪神秘主义那套不感兴趣。他想要真正的东西。他逐渐对源自口头传统的老式无伴奏歌曲产生了兴趣。他开始自己写歌自己唱，最初是在婚礼和守灵时表演。来自基尔代尔郡的老克里斯蒂·摩尔用他快速饶舌的独白唱出了二十世纪五十年代在天主教统治下的爱尔兰成长起来的那一代人的心声，科尔姆想跟他一样，用自己的声音探索荒芜的景色，歌唱与他一同长大的人。

歌唱能吸引女人，没多久他就发现了这一点。成为乐队一员意味着你永远不会一个人单独回家。他就是这样认识了西尼德。一次表演结束后，她尾随他进了酒吧，她身穿皮夹克，脚套马丁靴，站在他身旁。科尔姆买了一品脱啤酒，她问能不能也给她买一杯。他欣赏她的勇气，所以就给她买了一杯。他很久以后才发现原来自己在女人眼里很有魅力。也许他反应有点迟钝，但他并不觉得自己跟她没有一点机会。学校里有个另类女孩，科尔姆十六岁时就不再是处男了，可是他仍未意识到女人们会喜欢他。

西尼德比他大，刚从英国念完大学回来。她在大学里学的是纺织设计，房间里到处是从天花板上悬下来的奇怪的原棉网状织物，还有一小块一小块的编织进树皮鞣料的平纹细布。她在斯蒂芬绿地附近的一家时髦的新咖啡馆上班——店里全是浅色原木，有点小酷——她决定采取下一步行动。那天晚上，她让科尔姆给自己买一杯酒，她穿着短短的小黑裙、有破洞的渔网袜，坐在酒吧里一张高脚凳上，小口喝着健力士，天南海北地瞎侃到酒吧打烊。然后，她邀请他回她的住处。直截了当。如果他不去的话，简直是怪物。她在肚脐上钻了个洞镶上蓝色小石头，她的皮肤柔软，嘴唇湿润，她把他压在床上，用天鹅绒围巾将他的两手绑在床柱上动弹不得。她疯疯癫癫。她说她要去一家电影公司或画廊见工面试，然后给忘得一干二净，或者一连消失好多天不见人影，有次她在布吕赫待了一周，原因嘛，他无论如何也想不出来。深更半夜他正在宿舍里赶写作业时，她冒出来，要求喝一杯放纵一下。可是当他告诉她，他父亲去世，他不得不回凯里时，她便不再来了，也不回他的短信。在回乡参加葬礼的前一天，他在酒吧里看见她，跟他们系的一个美国人在一起。人人都知道那个大块头混蛋从来都是披着大衣不穿进去，不过尽管这家伙笨得要命，却很有钱。西尼德朝他挥手致意，仿佛他俩之间什么都没发生过，又接着跟新的约会对象说话去了。他没打算去求她。

不管怎样，他尊重那些了解自己的女人，比如布丽达和他妈妈。妈妈在父亲死后接手照料牲畜，干得不输于任何男人。他喜欢跟她们在一起。特别是如果她们不胡说八道。他讨厌那些很淑女的姑娘，满脑子只有时尚、美黑喷雾以及新时代疗法。他喜欢那种有思想能做爱的女人。

他第一次见到布兰登是几年前的事了。一个冬日傍晚，在村子尽头的小酒吧里，当地玩音乐的人总在那里出没。那是个普通的周日晚间现场演奏会，科尔姆试唱了几首新歌。那天晚上码头上大雾弥漫，除了零星几个酒吧老顾客聚在泥炭火前，整个酒吧空荡荡的。他们表演完后，布兰登走过来，请他喝杯啤酒。听说话口音，他是个英国人，住在伦敦，但他告诉科尔姆他有一半爱尔兰血统，继承了勃洛斯海德上的一座小木屋。他是个艺术商兼评论家，来这儿写一本书。

之后他们又见过好几次。布兰登总是坚持请他喝一杯，还说，出来聊点有创意的东西真好，其实是科尔姆在帮他的忙。布兰登谈艺术，谈他对抽象表现主义的激情，谈对罗斯科和赛·托姆布雷的热爱。作为回报，科尔姆借给布兰登一些当代爱尔兰诗歌书籍。如果布兰登想重新认识他的凯尔特传统，没有比读读这些诗人更好的了。而布兰登对科尔姆的作品很感兴趣。他认识几位英国文学杂志编辑。如果科尔姆愿意给他看看他写的诗，也许他能建议他向哪里投稿。不过，不知为何，他俩还没来得及办这件事。

当科尔姆把诗歌手稿装在塑料袋里放在玛莎家门口的石头下时，她不在家。他想不知她会不会读。

4

时间变得有弹性。伸与缩与现实无甚关系。她的课堂仿佛是另一个世界。如果她再也不回去教课，又有谁会注意到？通常她会为下学期的课程提前备好课，而这次她请假一直请到复活节。现在她不得不熟悉自己的进度。她应该组织GCSE学生去一次环球剧院，在年末再去一次斯特拉特福德。一般而言，这只是浪费时间，孩子们只把这当作一次不用上学的机会。不过，偶尔也会有人受到震动。如果能有一两个学生后来在大学里学习戏剧或进入皇家戏剧学院，她会相当自豪。特别是亚历克斯，他家住在国王十字街附近犯罪率高的政府廉租屋内，母亲靠抗抑郁药活着，对儿子做的任何事情从没表示过任何兴趣。父亲常年进出监狱，难得在家，他有大把机会接触到坏人。但是玛莎冒险让他在《热铁皮屋顶上的猫》中扮演布里克。他那么年轻，表演却很有激情，一上台便找到这个角色的感觉。玛莎软磨硬泡，哄着他通过了考试，为他整理奖学金申请表，帮他申请到皇家中央演讲和戏剧学院的奖学金。最近，她在阿尔梅达剧院的作品《文斯洛男孩》中看到了他。他不嫌麻烦给她送票，令她感动。后来，他们在酒吧里聊了会儿，他偶尔还是会忘记，仍称她为老师，而不是玛莎，人们走上前来祝贺他的演出，她心想人们会不会以为这个身材瘦削的年轻人是她儿子呢。如果他是，她会很骄傲。

5

她希望家里一切都好。弗朗索瓦丝，那个租她顶楼的法国博士生说会帮着照看屋子。这个严肃的姑娘来自利摩日的一个大家庭，学的是国际关系。虽然她们各过各的，极少往来，但她偶尔会下楼来厨房喝杯葡萄酒或分吃一份意大利肉酱面，她们便简单聊几句，姑娘说她打算去联合国教科文组织工作。这种简单的交流让玛莎保持着与外界的联系，也免得这座房子沦为鬼屋。

像他们这辈人一样，她和布兰登在上个世纪七十年代时买下这幢损毁严重的房子。它原先被分隔成多间小房间，住的全是修高速公路的爱尔兰筑路工。每间卧室里的破烂洗脸盆上只有一个冷水龙头，每层楼的厕所肮脏不堪，公共楼梯的油地毡上尽是污渍。购房的首期是她父亲出的，他不愿他们再将钱浪费在租房上，而且也觉得，既然布兰登在画廊工作，他们应该有个自己的住处。她还记得他们拿到钥匙的那天。壁纸因为潮湿变得黑乎乎的，洗手间就在厨房外，热水器生了锈，褐色锈水滴下来，浴缸里锈迹斑斑。他们一点一点拆了这地方，打磨地面和松木百叶窗，修复线路，拆掉石膏板，重新露出后面的壁炉，装修房间，让这个地方变成了现在的家。他们一大早去伯蒙赛和波特贝罗集市花几镑买来旧家具。松木和大理石的盥洗台，上面还镶嵌有蓝白两色的新艺术风格的瓷砖。高脚橱柜摆放在客厅里，维多利亚时代的匙背椅，那时候，这些东西非常便宜。将它们绑在那辆老旧的绿色雪铁龙车顶运回家。她的起居室墙上还挂着多幅布兰登多年来收藏的、曾在他画廊里展出过的艺术家的画作。肖恩·斯库利微妙的灰褐色长方形画作、赫伊·欧唐纳古的潜水员、托尼·贝凡的头像画。还有爷爷从苏黎世运来的那架钢琴。她一直希望布鲁诺能学会弹钢琴，可他从来没有主动练习过，还老是跟她闹意见，没办法她只好同意他不学了。

6

她走的是那条低的路，经过圣菲尼安海湾，再往山上开，但没有想过会起雾。当她从小木屋出发时，天气相当晴朗，可等她爬上旷野时，路突然消失在一片迷雾之中。她打开车前灯，可情况更糟，她什么也看不见，路牙、沟渠或者前面的路。她将挡位调到第二挡，慢慢爬行，可是坡太陡，车子熄火了。她拉上手刹，发动引擎，希望能顺着这条陡峭的弯路弧度开，不要开出路外，千万别掉到悬崖下去。路一边，是垂直陡峭的悬崖直落大海，另一边则是一大片泥泞的沼泽地。她哪边也看不清。目光所及之处看不到一幢房屋，路上也看不到另一辆车。到波特马吉肯定还有十英里路。她可能会耗上几小时。没人知道她在这儿，所以她别无选择，只能继续往前开。突然间她吓了一大跳，因为她想沿着路左边开，结果触到了路牙。她对自己说，只要开慢点，不会有什么的。她仿佛被一张巨大的白色毛毯兜头罩住，还差一点撞上一头迷路的绵羊，绵羊咩咩叫着跑进了大雾里。她费尽千辛万苦，总算到达旷野顶部，那儿云开雾散，然后再转下去开到了一个小渔港，她将车停在酒吧外面。半个小时的路程，花了她一个多小时。渔网和捕龙虾的虾笼堆在船坞上，前方是座新建的水泥大桥，将瓦伦提亚岛和大陆连接起来。以前的旧渔舍，现在大多改成了住宿加早餐旅馆，挤在礼品商店和两家乡村酒吧之间。玛莎将车停在码头上，望着在黑暗中轻轻摆动的渔船，她才意识到刚才自己有多么焦虑。她爬下车，往第一家酒吧走去。炉栅里生着火，一群男女老幼围着平板电视站着，观看一场即将结束的英式橄榄球赛。所有人都穿着绿、白、橙三色的T恤。她走到吧台，要了一杯白葡萄酒，真奇怪，为什么爱尔兰的白葡萄酒总是小瓶装的。她四处打量，没有看到科尔姆。

比赛结束，电视关了，人群又聚拢在小舞台上的手风琴手前面。这人身旁还有个梳马尾辫的大块头在吹肘风笛[1]。肘风笛不太好拿，主要靠一根皮带系在吹笛手的大腿上以保持平衡，他将空气从藏在手肘下的皮囊里挤出来。几个脸色苍白、身穿绿色运动装的孩子，塞饱了一碗碗薯片，现在站起身，跳起舞来。手臂贴在身子两边，小身体上半身保持不动，脚下轻轻踢踏。大人们拍手鼓励。

玛莎正看着，门开了，科尔姆和尼尔走进来，一起的还有那个留着刺猬头的红发姑娘，背着各自的乐器。天气太潮湿了，他们戴着帽子系着围巾。玛莎好久没见科尔姆了。她担心布兰登的书在这种潮湿气候下会损坏，便打包了一些有价值的书，到邮局邮寄回伦敦去。在邮局时，她偶然看见墙上的海报，知道他们今天会在这儿演出。于是，一个人正无聊的她一时兴起，决定开车来波特马吉。

刺猬头姑娘穿着牛仔裤和一件针织短上装。她和科尔姆

1 即爱尔兰风笛，放在膝盖上，用肘推动风箱演奏。

一边开着玩笑一边做着准备。玛莎不知他们在一起有多久了。科尔姆很英俊，但有点不修边幅。他肯定有许多女朋友。过去几天来，她一直在读他的诗。当她在外面散步时，有时他的形象会突然出现在她脑海里。他的文字颇有力量，文中厌世般的愤世嫉俗与温情慈悲达成巧妙的平衡。当风笛手表演完毕，科尔姆登上舞台，还是戴着那顶蓝色羊毛帽，他在一张高脚凳上坐好，开始演唱。酒吧里安静下来。再一次，她又听到了新年派对上那种被沙哑嗓音中和了的脆弱。当大家鼓掌时，她拿上自己的东西，打算悄悄走掉。可是在穿外套的当口，他朝她喊道：

嘿，玛莎。你在这儿太好了。我一直在想你有没有看到我留在你家门口的那个包裹。我没有再到你家去确认，不想让人觉得我是在骚扰评论家。他开玩笑地说道。这是凯瑟琳，他搂着那个刺猬头女孩说，是我的超级粉丝！她离开病入膏肓的都柏林来这儿度假，跟她的大哥一道演出。你不如跟我们一起喝一杯吧？你想喝点什么？

7

最后的几块泥炭在炉栅后面燃着，玻璃门橱柜上方的钟嘀嗒嘀嗒打破了厨房里的静谧。橱柜里装着母亲的玫瑰花纹瓷器、圣母像，以及他侄子侄女的学校照片。派迪·奥康纳煮了一壶茶，在桌前坐下。他找出巴西尔登·邦德蓝色信笺纸、眼镜和一支好笔，然后把它们整齐地放在花油布上。他不急不忙，他不是经常提笔写字的人。他把那印有信头的信从白色长信封里抽出来，又读了一遍。然后，拧开钢笔套，给尤金·瑞奥登写回信，告诉他，他的房子不卖。写完后，他再读一遍，然后仔细折好信，将它装进信封，舔了一圈信封封口，将它扔在橱柜上。明天早上，他会下山去邮局，从玛吉·奥谢那儿买张邮票，把信寄出去。他将褐色茶壶里的茶叶倒进洗碗池下面的堆肥桶里，洗干净茶杯，将它放在滴水板的木架上，拢好火，关灯，走上陡峭的楼梯，到他的小床上睡觉。

星期一

1

拂晓时分，一天雨色。

布兰登去世已经十二周了。三十多年来，她与他同床共枕，他日益变粗的腰围令她安心，鱼尾纹也爬上了她的眼角。她发现她无法知道他有没有带苏菲来过这儿，无法肯定他们有没有在她现在正睡着的这张床上做过爱。她永远无法知道。回头看，有很多东西他们不曾谈起，有很多东西她不曾问过。但愿自己更了解他，更了解自己的丈夫一些。对于彼此的痛苦，要是当初他们能互相安慰就好了。她想念他，想念他的处变不惊，在床上他的大块头令她心里踏实，她不知道自己是否还想做爱。她五十六了，几乎是老人了。天气好时，也许看起来还行，但是如果捏起手背上的皮肤后，皮肤不会再那么紧致地缩回去了。她肩膀痛，尽管练瑜伽，右腿坐骨神经痛。近来，她有颗牙坏了，不得不花费巨资补好。老了，她想，真是没有什么尊严了。怎么会这样？以前总以为衰老只是别人的事。她习惯了年轻，然后，突然，没有一点预警，一切都变了。一天早上她醒来，她身后的日子要比前面的多了。她失去了孩子和丈夫。她忘了她是谁，她为什么活着。有时候，她的记忆那么清晰鲜明，可是，有时候，曾经发生过的事她一点也记不起来，她的存在似乎已没有任何目的，愿望消解。她无法记起的那些分分秒秒令她愤怒，愤怒冲刷着她。她想起那首关于没有走的路的诗歌，想知道她的生活还能怎么过，她还能做出其他什么决定。最后二十年，她的日子里全是“如果……会怎样”。如果他们的假期结束后，海浪太大，从罗斯莱尔来的船延误了会怎么样？如果他们再多待一周会怎么样？如果她给布鲁诺的出游准备得更好些，带些别的衣服，给他做个巧克力蛋糕而不是胡萝卜蛋糕会怎么样？或者，埃克斯穆尔天气太糟，他们根本没法去划独木舟呢？如果他们在离开之前，像她保证的那样去了斯凯利格会怎么样？那样会不会以某种方法保护到他？这些事情会不会改变星象的排列，地球的倾斜度会不会改变？她是他的妈妈。她当然必须做点什么来保护他？

她一次一次跟心理咨询师说起这些。活着的人责备他们自己是正常的。但是，他耐心地告诉她，将半月形眼镜推到秃头上，眼睛直直地盯着她：我们没有那么大的力量。我们不能改变行星的运行轨迹。事件的发生是随机的。一只蝴蝶在亚马孙热带雨林里扇动一下翅膀，一系列事件便发生了。我们无法控制，她无须为这种神秘或神奇的事件承担什么责任，她也无须用余生来惩罚自己。

2

肌肤上的触感？她还能让自己再次柔弱吗？还能在新认识的人面前宽衣，让他们看到她的妊娠纹、她不再年轻的大腿吗？布兰登认识她时，她正年轻，他见到了她最美好的年华。他们一起变老。这么多年来，随着孩子的出生，中年的来临，他看着她的身体慢慢变化，她亦如是。在他与苏菲的恋情终结后，他们花了很长时间，才再度亲密起来。那是在罗马时，在那张红木大床上，他向她靠过来，轻柔地亲吻她，那般轻柔总能让她向他敞开。她偶尔疯狂地想，怀疑自己是否犯了个愚蠢的错，将他独自留在伦敦。也许现在，他正赶往渡口，他要来小木屋跟她会合。他的东西全在这儿，也许她扔掉他所有的东西，就是希望他因她乱动他的东西，勃然大怒而现身。

她希望他们再生个孩子。可是布兰登明确表示虽然他爱布鲁诺，但他不想再要孩子了。有一阵子，她努力想说服他改变主意，连哄带骗地跟他争论，多一个孩子，布鲁诺会多个玩伴，他们老了以后，多一个人跟布鲁诺一道分担。可是布兰登觉得他们这个小小三人组就很开心了。对他而言，这种平衡最好，他有足够的时间用于写书，经营画廊，有足够的时间陪伴她，有兴趣关心布鲁诺在看什么书、带他去大英博物馆看埃及木乃伊。她想如果她有个女儿，那可能会是种安慰。有人可以跟她一道分担失去布兰登和布鲁诺的痛苦。她的两个“布”。

3

今天是凯尔西温的集市日，也可能是某个展览会开幕的日子。图书馆的围栏上系满了马匹，它们被一小截绳子或蓝麻绳拴在那儿，跺着它们的大毛蹄子，尾巴和长鬃毛弄乱了，身上也糊着泥巴。这些马儿都是些花斑马或是黑白杂色马。有匹母马和它的小马驹在一起，马驹的蹄子小小的。马粪在人行道上冒着热气。无处停车。到处都是临时搭建的售货摊。有人在卖古董仿货，还有人卖纱窗帘、盘盘罐罐。有只鹅和四只鸭、几只小鸡仔一起关在围栏内。一窝小狗关在笼子内汪汪汪叫个不停。有个身穿粉红花边裙、连帽衫沾了泥点的胖女孩给大人牵着手边走边哭，因为大人告诉她说，不行，她不能买这个。马路对面，一辆名叫"百万口"的售货车在卖炸鸡块和浓茶，生意兴隆。戴鸭舌帽、羊毛帽的男人们四处站着聊天。他们脸色红润，黑鞋子、特拉纶裤子。有些人戴着大大的劳力士手表和沙弗林金戒指。还有些男人胡子也没刮，裤子太短，挺着大肚腩，腰上系着宽边皮带。在海湾那边的运马拖车里，几个男人手捏香烟，似乎在谈买卖。一件希思·罗宾逊式的稀奇装置，被几片波纹状铁片连接在一辆破车后头。再沿路往下走，一个女人和她的几个乱七八糟的孩子坐在拖车里的几张厨房凳子上。拖车是由一辆生锈的拖拉机拖进镇上来的。

你以为爱尔兰人来到这个世上，就是为了让别人伤感的，是不是？

玛莎发现科尔姆站在她身后，在笑。

我们很擅于将人们天真的幻想变成神话。但是，小心哟，他继续说道，这周围任何穿着棒针毛衣、唱着《丹尼男孩》的人都不可能是本地人。我能冒昧问一声是否有幸请你喝上一杯？我可真渴了。

天哪，科尔姆，我没看到你。你打哪儿冒出来的？

噢，我刚到，跟大家一样来镇上开开心。

她不知道他为什么要请她喝酒，不过还是跟着他的蓝色羊毛帽进了这家拥挤的酒吧。现在才上午十点钟左右，里面挤满了人，市场里的买卖人，穿着套鞋的牛贩子，穿着最好的衣服、刚刚做完头发的女人们。几乎动弹不得。

你去那边拿把椅子过来，玛莎，我去吧台前抢杯酒。好了，你最近怎么样？我有阵子没见你了。他端着两杯黑啤酒过来了，在拥挤的人群中尽量不洒出来。他把酒放在她面前。她讨厌健力士。

你看了我的诗稿没有？

看了。

啊，那太好了，嗯，我能问问你感觉怎么样吗？不，现在别告诉我。也许我能抽个时间去你那儿，跟你聊聊。这儿有点吵，不适合文学讨论。那么，你觉得这儿怎样？他环视了一圈拥挤的酒吧，问道。

很有意思。

好吧。虽然我们是乔伊斯所谓的“欧洲追加之物”，他喝了一大口黑啤说，“被死而不僵的历史纠缠着”，那是因为我们真的不知道我们是谁，玛莎。我们对自己讲了太多的故事，结果我们不识真面目。相信我，这儿许多看起来像是土生土长的东西其实是新发明。可是如果你这么说的话，你可能会被贴上异端分子的标签。爱尔兰炖肉，其实是爱尔兰苦工们在英国修路时做的一种菜。爱尔兰咖啡最早是由福因斯机场的一位厨师煮出来的，以免早期飞行中的飞行员冻死。而都柏林呢？嗯，上个世纪之初，它还是贫民窟，加尔各答跟它比起来，只怕还更舒适一点，当时它可不是瑞安航空公司为单身汉派对选择的目的地。你知道，都柏林不只有圣斯蒂芬绿地公园和几座漂亮的乔治王时代的房屋，就在不久前，街道上还尽是赤脚的孩子、嘴里没牙的女人，以及鞋子擦得铮亮的牧师。牧师们满嘴地狱，可是晚上却搂着他们的女佣在四柱大床上睡觉，事后再去忏悔。吝啬的小店从咸肉到煤块什么都卖。哪怕你只买一个晚上取暖的燃料也行。茶和糖一次可以只买一小撮，五根忍冬牌香烟只要两便士。不久之前，典当行商人还跟牧师一样为大家所熟悉。你可以在星期一将衣服拿去典当，星期六再将它们赎回来，好在星期天望弥撒时穿。现在跳钢管舞的人比诗人多，我们爱看钢管舞，因为它很时髦。我们忘了贝克特和辛格。现在《大河之舞》和计算机呼叫中心就是我们最好的出口物了。我们这片土地上真的不再有快乐的小提琴手，有的只是腐败的政客、地产开发商和金融牛仔。这他妈是场灾难。他说着脱下帽子，又喝了一大口啤酒。

还真是有点残酷。

不完全是，玛莎。只是人们喜欢相信集体神话。即使在上个世纪五十年代，我们新的共和国刚成立时，对于大多数生活在南边的人们来说，爱尔兰止步于纽里[1]。统一只是人们嘴皮子上的功夫，恢复爱尔兰语言也一样。人们一直有种幻觉：爱尔兰是单一的、同质的。政客们老师们向我们兜售那种共同奋斗的故事。我自己从不相信驴、小巷和竖琴那个版本的爱尔兰。我总觉得那个爱尔兰是人们创造的。让我生气的是，我们居然这样自惭形秽，在全世界面前贬低自己。学生们仍被源源不断送到这儿来，因为这里的人们说爱尔兰语。这说明我们的官方语言本该是爱尔兰语。当然，事实并非如此。现在，除了孩子们在学校里被迫学习爱尔兰语，除了有些老师和几个老人还能说爱尔兰语之外，人人都说英语。在我看来，真正重要的是爱尔兰英语的生命力，它的凯尔特语根源，它古老的韵律在现代习语中的回响，才是我们语言令人激动的地方。它是活生生的，它还在继续发展。这就是为什么在这么一个小地方能产生如此之多的优秀作家。现在什么最重要，好吧，我们不知道。我们夹在两个世界之间。两种存在方式，我们不知道我们更想要哪一种。我们以为我们可以二者兼而有之，却没有意识到一种在杀掉另一种，或者我们正想看到这一点。我们正处于变成自己仿制品的危险境地。可是这个光怪陆离的爱尔兰版本活了下来。所

1 北爱尔兰一座古城，紧邻爱尔兰共和国与英国的边界。

有那些美国游客在康内马拉和科克寻找他们的爱尔兰之根。可基本上，他笑了起来，玛莎不清楚他是认真的还是在开玩笑，我们只是一群他妈的闹哄哄的人，在语言和音乐上有点天分罢了，别的民族瞧不起我们，私底下又想要成为这样的人。

可是人人都这么友好，科尔姆。跟英格兰比起来，这地方，噢，我不知道，这个地方有这么多伟大的灵魂。人们愿意为彼此留点时间。

他轻蔑地哼了一声。嘿，玛莎，难道你被爱尔兰——迪斯尼式的狗屎给迷住了？“虚无。”现在那才是真正的爱尔兰生活和文化。看看《尤利西斯》。布卢姆的伟大之处在于他什么也不干。喝酒，聊天，说笑话，讲故事，坐在马桶上。为逃避这块小殖民地上停滞的生活对你的压迫，用尽一切手段，仍只是徒劳，因此我们成了作家，成了酒徒。对我们而言，写作是一种永远的控诉。布兰登·比汉曾将自己描述成一个有写作毛病的酒徒，而你肯定会说我认识的好多人都这样，他说着用手背擦擦嘴。直到最近，这个国家还是世界上最虔诚的天主教国家之一。拿西班牙来说，那里总还有股反神职人员的左翼潮流，可是这儿没有。纵观整个北爱尔兰问题时期，教会是人们的一种民族身份，之后，它提出一些无理要求。虔诚与单调是爱尔兰文化的传统主题。日常生活令灵魂泯灭、思想麻木、单调乏味，再加上教会的庞大钳制。宗教虔诚和政治虔诚是爱尔兰的基本内容。在这个国家，人们为了有年金的工作宁愿出卖自己的母亲。而代价呢？沉默和愤世嫉俗。可是，嘿，我们已经加入了欧洲俱乐部，而且，天哪，它就像宗教，而欧元就是我们镀金的救世主。我们现在全都这么现代化。在英国，你们有性解放的六十年代，而当时我们还生活在黑暗中，姑娘们被送往利物浦去堕胎，假装她们是去找工作。你有没有听说过凯里婴儿案，玛莎？如果你想要了解爱尔兰经济起飞之前的乡村生活，那个案件能给你全部。谎言、秘密、沉默。

听说过。我模糊记得很多年前看过这个案件。

到1984年，第二次梵蒂冈大公会议之后，爱尔兰已经变了。他喝了一大口啤酒说，不过变化不太大。那个案件是两种文化的冲突。古老的专制的爱尔兰与新兴的世俗的爱尔兰之间的冲突。你知道这个故事，是不是？在凯尔西温附近的白滩上，人们如何发现了一具婴儿尸体，他的脖子被扭断，身上多处刺伤痕迹。警察迅速行动起来，大人物们纷纷从都柏林过来。各种猜测。他们列出可能抛弃婴儿的当地女孩的名单，列出那些刚结束恋情的女孩的名单，列出那些从英国回来的怀孕妇女的名单。他们拘留嬉皮士和流浪汉。牧师们从神职人员中询问信息。一个十岁的男孩报告说他隔壁邻居刚生了孩子。又有人说她朋友的姐姐从都柏林搞来药片吃。乔安妮·海斯来自一个小农场。她还有一个姐妹两个兄弟。她头脑简单，跟别人除了聊奶牛没有别的话说。父亲早已过世，年迈的母亲勉强支撑着这个家的几亩地，但是日子还是过不下去，地越来越少。乔安妮已经跟一个已婚男人生了个私生女，可是有谣言说她又怀孕了，但似乎从来没见过婴儿。天哪，玛莎，调查方式还是中世纪的，二十世纪的爱尔兰在搜寻我们自己的塞勒姆女巫。在警察长时间的压力下，乔安妮最后承认在地里生了个婴儿，因为惊恐，将还是活着的婴儿埋掉了。可是警察们，用他们的无限智慧，认定她不是与一个男人而是与两个男人有性关系；认定她生了双胞胎，而且把双胞胎都杀死了，尽管血型检验显示那是不可能的。而这段时间内，那些一直在布道反对避孕的该死的神父却在忙着乱搞男女关系。迈克尔·克利里跟他的女佣生了两个孩子。比任何人都高尚的主教凯西抛弃了他的伴侣和孩子，每天清晨在接受别人的忏悔之前先坦白自己的罪过。这真是狗屁！最后，一位英国法医检查了婴儿的遗体。你知道他的结论是什么吗？那根本不是刺伤，很可能是海鸥啄伤的痕迹。你信吗？整个事情就像一坨屎。警察的偏见、教会和司法制度的虚伪。偏远的爱尔兰到底什么样，从凯里婴儿案你可以知道你需要知道的一切。

可是你回到了凯里，科尔姆。你本来可以留在都柏林，甚至出国的，是不是？

我当然可以，但我爱这个鬼地方。不是微不足道的矮精灵[1]或欧洲败类心态。语言。这才是我们最大的力量。对于一个小国来说，我们干得很不错。我们各地有各地的方言，不像你们英国人，爱尔兰人不会按一个人说什么语言来评判他。我们也不会被阶层或一个人的籍贯所迷惑。不过，我不信那些诸如地脉古道和上古立石之类的当代神学狗屎。对我来说，这完全是蠢货们怪异嬉皮士般的一派胡言，他们迷失了方向，

1　矮精灵（Leprechaun），又称矮妖，是爱尔兰非常有名的传说中的生物。矮精灵的共同特征就是红色胡子和整齐的绿衣绿帽。矮精灵非常喜欢收集黄金，并把黄金埋藏在彩虹的尽头。他们每天数自己得来的金子。

放弃了思考。一直以来爱尔兰充满了有缺陷的家庭、悲惨没有爱的生命、疾病、老年、思想麻木的宗教和雨。我们的国歌是雨歌，我们的消遣就是无聊加喝酒。人们拒他人于千里之外。这是真相，玛莎。这是我的真相——我写的也是这些：这些真相以及这片土地的野性之美。另一种爱尔兰？好吧，那是给游客看的。

他们正聊着，一个德国女人倚着吧台跟两个本地男子说得来劲。她染过的头发盘成发辫，手腕上绕着编织皮手环。很明显，她在这儿生活了挺长时间。此刻她醉醺醺的，觉得自己有权想说什么就说什么。

爱尔兰人，他们很愚蠢，她用口音很重的英语说，口音里虽有点爱尔兰调，但德国腔很重。他们对环境没有任何贡献。他们很脏。肮脏。如果你跟在他们后面开车的话，可以看到他们将空香烟盒扔出车窗。德国人可从不会做这种事。爱尔兰是欧洲最后一个自由国度，她还在说，对她的话题更来劲了。野生空间，清新的空气和水，但是我的邻居们，他们会破坏这一切。真可悲。还好我们德国人正将环保教育和良好品位带到爱尔兰来。当然，爱尔兰人民很可爱，可惜太无知了。

你们德国人当然很勤劳，你们当然聪明，一个一身渔民装束的年轻人冷笑着说，他有着一张龙虾般的红脸膛。他妈的聪明到选出希特勒！说完他咚咚地大步走开，未经邀请便一屁股坐到玛莎和科尔姆的小桌前。

愿上帝给我力量，他说着拖过他的凳子，然后开始醉醺醺地长篇大论和抨击，说他如何能区分六个郡，不费吹灰之力。

现在那些新教徒们，他们需要正确的批评才会想得通，他口齿不清地说道。你无法改变历史的进程。“不自由的爱尔兰将永无宁日。”你听说过吗？他问，那张喝多了啤酒醉醺醺的脸伸过桌子，望着科尔姆。

我当然听说过，科尔姆说，将他未喝完的酒推到一边，慢慢站起来。这是1915年帕特里克·皮尔斯在芬尼亚勇士奥多诺万·罗萨坟前的演讲词，你这个白痴。走吧，玛莎，他说着抓住她大衣袖子，拖着她穿过拥挤的酒吧，来到外面街上。我们把这地方留给他们，让他们胡说八道去吧。他们差不多跟湿雾中的灯塔一样明亮。

4

尤金开车去基拉尼见他的律师，口袋里装着派迪·奥康纳的信，气得要命。乔·麦克纳尔很早就是他的律师了，他们以前是同学，现在还常常一起打高尔夫。乔知道尤金的想法。他一定能够找到解决方案。尤金刚听到银行的回音。资金已经就位，且利率非常合理，只要你开口，就是你的。昨天他又见了建筑师，他们需要的建筑材料没有任何问题。他将路虎停在爱尔兰教会停车场，去乔的办公室。

乔个子不高，秃头，宽肩。他穿着一件昂贵的粉红衬衫，仅中间纽扣扣着，脚上一双易穿易脱的山羊皮平底便鞋，浑身散发出一股浓厚的须后水味道。

早上好，尤金。上次聊过后，好几天没见了，西沃恩怎么样？

尤金没理他，一屁股坐在乔的办公桌前，将派迪的信递给他。

这个嘛，乔瞟了一眼说，非常不幸。但是我相信我们有办法解决此事。威士忌？

乔递给尤金一只很沉的沃特福特水晶平底杯，然后摘下他的老花镜，往后仰靠在椅子上。他的办公室时髦阔气，相当现代化。透过玻璃隔断门，尤金看到他的秘书在忙着打字。乔的桌子堆着文件纸张。他妻子、三个红头发孩子，还有他们家金毛猎犬的照片装裱在银色相框里，竖在桌上。

你瞧，尤金，对这个问题我的看法是，乔说，像个头脑冷静的纸牌选手迅速估量了一下形势。你得小心计划你的行动，提前做好打算，以智取胜，击败对手。你需要一个长期战略。现在，正如我所料，基根兄弟很高兴拿到钱，以后可以整天泡在酒吧里了。而我已经跟迈克·凯利谈过一次。只要他还能在远处那块地放牧，他会接受这个交易，搬进新建的平房去的。而那块地的放牧权不会对这个建造计划有任何影响。再说，我觉得客人们看到窗外远处有几头真正的爱尔兰奶牛在吃草会很开心。这显得更真实，让这地方更富有情调。但是，你手上这个派迪嘛，嗯，还真有点儿棘手。

尤金不耐烦地叹了口气。这些我知道，乔，所以我才来你这儿。

那么，我的建议是你先继续你能够做的收购计划，将他孤立起来。如果你拿下其他两块地，你至少能将通往卡西迪那女人的土地的路拓宽一点，你也可以开始准备建筑设备，让大家觉得你是当真的，势在必行。那都是已谈妥的买卖，虚张声势对你没有坏处，是不是？顺便问一声，那女人怎么想的？她愿意卖那座木屋吗？尤金耸耸肩，我不知道。谁知道那种女人脑子里想些什么？

你可以为难为难奥康纳，乔接着说。给他放牛添点麻烦。我不是在暗示任何非法念头，不过那条路经过基根兄弟的土地，我查过了。他走那条路只是习惯成自然，至少在我看来，并没有任何书面的、有约束力的东西赋予他在基根兄弟土地上通行的权利。现在，如果你买下了基根兄弟的土地，你就可以对他说“不”。它是你的土地，你不想让谁走，就可以不让谁走。

可是这也无法保证我能将这个项目继续下去，对不对？尤金火气很大地问。如果我拿不到奥康纳的地我就无法继续下去。我们可是要在那块地上建房子的。

嗯，也许不能马上进行，乔说，挠了挠他的耳朵，坐在黑色的皮椅上转来转去。可是，耐心点，尤金。不管怎样，买下那儿的地总没坏处。按今天的利率来看，你毕竟买得还算便宜。银行简直不要钱就让你赚了那么多。希望卡西迪那女人配合，愿意放弃那块地。那对你很有利。这样一来，你就可以直接进出，将奥康纳隔绝孤立起来。如果他无法赶着牛羊上山放牧吃草，他就真的有麻烦了。也许到那时他才会明白在那儿放牧务农已不可行，不如接受你的开价，去过舒适安逸的生活算了，不再操劳。还有，你认识议会里的人，安排几次公益晚宴，在你的高尔夫俱乐部打几次球，在他们面前多诉诉苦。你我都知道这些事怎么做。

可是那得要些时候，尤金叹口气。这真太荒唐了。

5

派迪自打把信投进邮箱后，一整天都焦躁不安。他不知道还能做什么来阻止尤金·瑞奥登。他拥有他的木屋和这块土地的所有权，他知道。上溯三代，他的祖父建起了这些围墙，但是像尤金那样的有钱人发财也不是偶然的。他们懂得多，还有精明的人为他们干活。派迪的全副身心灵魂皆属于这个地方，他经常维修保养，保持波纹铁皮屋顶的良好状态，每年都给外墙刷一遍白石灰，给屋内的橱柜、窗框和椅子刷一遍绿光漆。每周他都会把家具搬出来，将地全部擦一遍，就跟他妈妈在世时一样。

十岁前，家里还没有电。爸爸从海岸边搜集“塔拉”，一种黄色的大油脂球，这东西过去总是漂离船只。爸爸用它做成蜡烛，用一种特别的线做蜡烛芯。这种蜡烛点燃后，灯芯会像炸弹一样裂开。他记得妈妈坐在汽化灯前织毛衣，织针发出轻微咔嗒声，狗在炉栅旁边打呼噜。到家里通电后，他们抬头看着电灯整整看了一周，简直要把眼睛看瞎掉。妈妈一年四季织毛衣、缝缝补补，眼睛坏掉了。她从戴皮帽的小个子犹太人处买了一副无边眼镜。犹太人春秋两季会带着装眼镜的箱子来，用眼镜布将它们擦得亮亮的。当他打开破旧的皮匣子，里面装着各种零碎东西，如一瓶治风湿病的搽剂，保证再顽固的痰也能化掉的咳嗽糖浆。

爸爸总不怎么相信这个犹太人，警告他们说，犹太人跟集市里的黑皮肤流浪汉一个德性，看见你就会骗你。众所周知，皮货商、珠宝商总是犹太人。你把手表送给他们维修后，你得检查检查，看他们有没有把你手表上的珠宝偷走。

妈妈下葬的那天，她窗前的红色长窗帘在雨中飘进飘出，她睡觉时总喜欢开着窗通风。没人想到要去把窗关上。他的两个妹妹玛丽和诺拉那时还在家里，她们悲伤得难以自抑。她们坐在妈妈的衣柜旁边，脸埋在她的衣服里，那些衣服上还有着玫瑰灰的香味。

家里的阴郁气氛十分明显。爸爸在厨房里拖地，而妹妹们在他身边踮着脚尖走路，为他准备好晚饭，他把饭菜推到一边不吃。他似乎根本没有注意到家里快没吃的了，而妹妹们很害怕不敢问他要钱去买。他多半很愤怒，满嘴醉话，他以前根本不喝酒，现在却喝个不停，直到喝醉为止。他并不是个粗暴的人，他只是不懂得如何应付这悲伤。他不再外出，不再洗澡。当教区牧师上门来时，他砰的一声在牧师面前摔上门。

派迪父母的婚姻是靠媒人撮合而成的。那时候，如果你在酒吧里看见两个男人头碰头坐在一起，你就知道这是在做媒了。并不是所有这种婚姻结局都好，但你结了婚就无法摆脱。派迪父母的运气好，他们有七个孩子。不过有一个很小就得猩红热早夭了，接着可怜的布瑞迪十六岁时死了。然后妈妈也过世了，爸爸则每况愈下。

发生这一切后，派迪承担起喂牛、铺粪、挖土豆的活。慢慢地，爸爸又重新拾起对生活的兴趣。他不再喝酒，又开始赶着羊群上山去。他一直都喜欢羊群。一大清早，晨雾迷漫时便早早地起来，看着太阳在海上升起。他对山边的每个角落都了如指掌。他是给臀位不正的小羊羔接生的最佳人选。虽然他再也没碰过威士忌，可也再没能恢复元气。就是在那时候，派迪知道他不能离开了。此后他就一直在这里，一颗心全在这块土地上，一心做好自己的事。

6

玛莎正在洗热水澡。她在镇上时感冒了。脱下保暖内衣时，她发现内衣的里子翻到了外面，这是好运的征兆。嗯，她现在可真是需要一点好运气。她正满头泡泡，享受着热水的冲淋时，听到门外传来关车门的声音，接着是敲门声。她听到有人进了前面房间。她从来不锁门的。

我在洗澡。

她有点恼火，用毛巾裹住自己，走到客厅，发现尤金站在那里，一只手里还拎着一瓶威士忌，脸色难看得像羊屁股。

玛莎，我得跟你谈谈，他说，并没有为打扰她道歉，连她半裸着身子、滴着水的事实提都没提。

必须现在吗？你瞧，我正忙呢。

是的，必须现在。

那你也得等我把衣服穿上。

她回到浴室，套上牛仔裤和一件布兰登的旧毛衣，然后用包头巾包住湿头发。隔壁的尤金仍旧站在房间中央。

噢，天哪，尤金，坐吧。你让我紧张。

他脱下外套，在火炉旁坐下来。

你有玻璃杯吗？

她想说，它们就在上次你来这儿时的老地方，还是忍住没说，走到厨房拿了两只玻璃杯过来。

那么，今天有什么事？

我要跟你谈谈这块地。我想知道你到底卖不卖。最起码，把这块地的最尽头卖给我，它对我的项目非常关键。我们能为当地创造许多工作机会。他的口气听上去理直气壮，而不是道歉。至少十个长期工作机会。

她慢慢地咽了一口他倒的威士忌，又深深地吐了口气。

事实上，尤金，我还没想好怎么处理这地方。现在说这个为时太早。

可是，你肯定不会经常再回来了，对不对？不用现在马上做决定。我会给你一个好价钱。

玛莎的怒火腾的一下蹿上来，好像她是可以用钱收买的，好像钱是万能的。她发现尤金只能理解金钱这种语言。尤金的眼睛如冬天的海水一般灰蓝。玛莎尽量理解他说的话。尤金为什么这么想要这块地？这块地为什么那么重要？他已经很有钱了，是什么在驱使他？玛莎发现自己几乎无法直视尤金，只好摆弄系在头上的毛巾。她想说点什么，却又不知道说什么好。尤金坐在那里等她回答，周围是她已故丈夫的书、他当学生时获奖赢得的《圣经》，关于圣艾夫斯和彼得·兰宁的目录，玛莎意识到她和这个男人之间没有共同点，不管他曾经多么关心她丈夫。她想，如果布兰登还活着的话，尤金也会这么问他吗？布兰登会怎么做？当然他不会同意，很可能在事情发展到这地步之前，他跟尤金讲道理，早已打消了尤金的这个念头。不过，也许这正是尤金的行事风格。仅仅因为他有这个能力，便去追求一些他并不真的想要或需要的东西，却对别人造成不可估量的损失。

从伦敦坐船来这儿的路上，她其实有过这种念头，卖了这地方，放弃这块地。她无法想象这么多年以后她会常常回这儿来，如果不是因为布兰登去世，现在她也不会在这儿。保留一座她再也用不着的木屋是浪费钱。当然她可以在节假日出租，可是那样做也有问题，租客走后，她需要找人更换床单，清洁房间。还有，冬天也是问题，瓦片或小节的沟槽可能会被大风吹走，窗户可能透风，可能断电。她必须认真思考如何处置这个地方。

7

月亮苍白得像合上了眼睑。

科尔姆从货车里爬下来，砰的一声关上车门，身穿连帽夹克衫，弓着背走在雨中。他希望玛莎说什么呢？毕竟给她添麻烦了，也许他该为玛莎买点什么东西，给她带一瓶葡萄酒或巧克力来。可是科尔姆穿着干活的衣服开着车就过来了，比预料的要晚，胡子没刮，澡也没洗。科尔姆不知道他还能继续喂养这群牲畜多久，没有帮手，很难维持下去。他妈妈年纪也大了。但是科尔姆喜欢与动物亲近，接地气，喜欢去玉米商那儿买饲料，喜欢这个地方的味道。燕麦。防腐剂。皮革皂膏。可是牛群需要很多时间精力去照料，留给他写作玩音乐的时间太少了。

玛莎是他请来读自己作品的第一人。他不知道自己为什么选了她。毫无疑问，是她与布兰登的关系，再者，科尔姆希望她身为局外人，会客观点。另外，玛莎身上的柔弱纤细吸引了他，令他心生怜悯。

玛莎开门时，头发还是湿的，似乎刚洗完澡。她穿着牛仔裤和一件男式针织衫，赤着脚，看上去像个少女。他走进门，房间里很暗，只有炉子里的火投了点阴影到雪白的墙上，窗台上铜烛台上的蜡烛燃着。他脱下湿漉漉的连帽夹克，搭在椅子背上，然后坐在火边。玛莎递给他一杯葡萄酒，不等他问，便说：

它们很好。你的那些诗，你知道，非常棒。

科尔姆没说话，等玛莎在沙发上坐好。她盘腿而坐，像个小女生，为了不冷，腿上还搭了条毛毯。

嗯，我知道“好”这个词太弱了，玛莎接着说，可是它们确实是好。我是说，她说着身子往前倾，伸手去拿茶几上的那杯酒，慢慢喝了一口。我是说，它们令我感动，在我心里久久不能忘怀。不知我这样说这对不对，不知怎么，它们似乎超然于我们对这个世界的最初体验。我读得很慢，每首诗都读了几遍。如果这不是我自以为是，或老生常谈的话，这些诗歌里有种超验的东西。当然，它们也涉及日常生活，涉及你所知道的生活、你身边的各种体验。但是，它们身上仍然有种不属于这个世界的东西。是不是有个词，叶芝用过的——你应该比我更懂——就是那种关于“心灵中恶臭的废品店”[1]？我觉得那种东西很适合于你的诗。我喜欢传统语言与现代习语的融合。它们怀旧，但并不软弱。它们有点怪异有点粗暴。要说还有什么的话，再多一点那些东西。有时候，尽量少解释，相信读者。

她住了嘴，仿佛才发现一直是她一个人在说话。

噢，天哪，我听上去像个老师！我边读边用铅笔做了些笔

1 此句系叶芝诗歌《马戏团动物大逃亡》（“The Circus Animals’ Desertion”）中的最后一句。

记，几条建议而已，我希望还行。有些地方你可能需要删减，有些地方需要强化。我说过我不是专家，但是别样的观点也许对你多少有点帮助。这些诗歌给我留下了深刻印象，阅读它们我觉得很愉快。

科尔姆能听到外面雨水在木屋边上的檐槽里哗啦哗啦流下来，顺着管道流到沟里、小溪里，再流到田地里，一路流过海滩流到大海里。蜡烛的光晕透过窗户，弥散到黑夜里。什么地方有人在敲门。片刻间，这个世界似乎比这间房屋大不了多少。下个不停的雨，一杯葡萄酒，一个他几乎不认识的女人在谈论他的诗歌。

科尔姆的脚搁到面前的小茶几上，脚上还穿着大靴子。他应该有所回应，可又不知道说什么好。他往前靠了靠。

我能问你点东西吗？

当然。她说着又抿了一口葡萄酒，那件大毛衣从肩膀上滑落下去。

你觉得你很懂我的诗，是不是因为你亲身体会过失去？在失去布兰登之前，你失去了儿子，对吗？

玛莎站起来，背对着科尔姆，望向窗外，望着那墨黑的夜。她湿漉漉的金发垂在肩上，科尔姆听到她的呼吸声，仿佛想将整个房间的空气吸进去，然后再叹出来。

他不该那么直截了当，他惹她生气了，可他就是好奇。

是的，玛莎说。我失去了儿子。看来这儿的人都知道。那几乎是二十年前的事了，从那以后我就再没来过。如果不是因为布兰登去世，我得整理他的东西，我可能不会再来这儿了。但是，至于你的问题，她说着转过身来，直直地看着他，我不知道失去儿子对我欣赏你的诗歌有没有帮助。

对不起，我不该那样说的。这跟我无关。我很无礼。你希望我走吗？

没必要，玛莎平静地说。实际上如果你不介意的话，你留下我更高兴。我很少跟人谈起布鲁诺，可是我在这里这些天，他一直跟我在一起。这是我没有料到的，却是我应该想到的。只是布兰登的突然离世和清理他的遗物让我太专注，我之前没想到这一点。

科尔姆没有回答。玛莎把这当作一种请她继续的邀请。

布鲁诺死时才十岁。他是那么普通的一个小男孩，可是，对我来说，又那么特别。我猜天下所有母亲都有这种感觉。作为家中的独子，我觉得他稚嫩的肩膀上顶着一颗老成的头颅。他喜欢问问题，关于宇宙和星星、关于无限和宇宙大爆炸之前发生过什么，全是宏大的问题。我们家宗教氛围并不浓厚，可作为一个孩子，他对宗教的思考极深。他想理解人们为什么会死，死后人们都是怎么样，为什么会有战争。他的问题真不好回答。他对历史极其入迷。他在这里时，非常非常想去斯凯利格。人们曾经在大西洋中间的一块岩石上生活，这个念头让他着迷。我向他保证会带他去，可是我们没能去成。我们来这里的那年夏天，从这儿回家后的第二天，他便去埃克斯穆尔参加小童子军夏令营。结果出事了。

出事后，好多年我都不忍心清理他的房间。我不时走进去，在里面坐上好几个小时，置身于恐龙海报、桌上能发光的地球仪中间。我无法相信他再也不会走进这扇门，扔下他的夹克和书包，然后去扫荡冰箱找吃的。我体内还是继续带有他的触感和味道，几乎就像他出生前我怀孕时那样。我就坐在他的床上，抬头看着天窗外的星星。因为伦敦的灯光污染，通常你是看不到星星的，可是如果夜空晴朗，看得到的话，反而显得尤为特别。我喜欢它们的不可知，它们的另类。就好像看着银河，看着成千上万的点点星光。不知怎么，我相信布鲁诺成了存在之网的一部分——如果你愿意，也可以说是生物圈的一部分——存在之网是一个母体，我们全都生存于其中。我并不是传统的教徒，当我意识到所有物体是由质子、中子和电子组成时，我颇感欣慰。我可以相信他还活着，他并没有完全消亡，可以这样说，他只不过改变了形式，他的灵魂永存。也许，这更接近现代人对不朽的理智看法。

对不起，她说，仿佛她早已忘了他一直坐在这儿。我不知道为什么要跟你说这些。你来这儿肯定也不是为了听我说这些。所以，是的，思考这些问题，可能有助于我更好地理解你的诗歌。

8

科尔姆在他母亲家中，半靠半躺在自己儿时的床上，睡不着。为了保暖，头上还戴着蓝色羊毛帽，他浏览着自己诗稿上玛莎圆形斜体的手写笔记。

在你最好的诗歌中，你的灵魂渗入了这片荒野，仿佛这片土地有记忆。当你描绘凄凉的荒原、悬崖和沼泽地时，你没有像叶芝那样用象征符号来创作，而是更像霍普金斯，揭示出事物的本质。而这个本质——对我而言的这个本质——是所有生物与非生物的内在个性和与生俱来的孤独。在我看来，当你的诗歌最强烈最真诚时，它们呈现出某种野性。而当它们变得好辩、离开爱尔兰这片土地时，它们显得犹疑。

观望与等待，对应于美和灵性，“美”这个字取其最宽泛的定义，而在当代文化中，“灵性”这个词是个很难使用的词。似乎只要我们仍然渴慕向往美，美就不会出现。你捕捉到了这个悖论。我想，用更为现代的艺术措辞来说，那便是为什么你的诗歌里有矛盾，有缺失，还有点苦涩的怀旧。

最近这几天，我外出散步时，试着寻找自己与这些诗歌之间的各种联系，你的一些诗行又浮现在我脑海。以下几节诗最打动我：

爱如何必须屈服，
放手那黑暗的悲伤
寄居于骨髓深处
生命如何仅是当下
在午夜：行将熄灭的蜡烛
和可怕的风
呼啸着掠过一片水域
如失落在黑暗之物
暴雨中一路颠簸归家

通过你的诗，我开始多少有点理解这里人们的生活和构成爱尔兰社会的结构，这个结构在这个新兴的财富大杂烩中正逐渐毁坏崩坍。我发现读这些诗是一种难以忘怀的体验，毫无疑问，再加以修改后，你应该向出版社投稿。

感谢你让我阅读它们。希望我的评论多少对你有点帮助。

此致，

玛莎

星期二

1

外面天仍然很黑，是天色泛白之前的宁静时刻。唯一的声音只有时钟的嘀嗒声。科尔姆两手交叠枕在脑后，凝视着天花板。这是他孩提时代的房间。虽然他的足球奖杯、漫画书都收在衣柜后面的塑料箱里，但仍然依稀可辨这还是儿时那个房间，他曾在这里探索青春期、探索诗歌。他曾在这里复习功课准备考试，翻看那本班上传阅多时、破旧不堪的《好色客》。科尔姆又读了一遍玛莎的评论。他很受感动。玛莎不嫌麻烦认真读他的诗，并完全理解他想要表达的东西。她的分析完全正确，也很感性。科尔姆并没有指望从这个英国女人身上得到这些。玛莎远比他以为的要深刻，她似乎对这个地方很有感觉。科尔姆不明白为什么玛莎会在他的诗歌上花这么多时间，也许阅读它们能让她分神，不再一心想着布兰登和她儿子。科尔姆试着体会她失去唯一的儿子的那种感觉。除了知道玛莎是布兰登的遗孀，是一名教师之外，他发现自己对她一无所知。他奇怪地被她吸引，却又无法看清她。玛莎既脆弱又坚强，像平静河水之下的一股激流。有时候她比实际上看起来年轻很多。但愿他昨晚的粗鲁没让她生气。

科尔姆起床，套上自昨晚脱下它们起就僵硬地立在他靴子之中的牛仔裤，烤了两片面包，很快煮了杯茶，然后从厨房门后拿过连帽衫套上。妈妈已经出门照料牛群去了，给他留了点时间。

当科尔姆朝海岬上的拿破仑塔走去时，浓雾逐渐自海上消散到此间。他呼哧呼哧地穿过沼泽和凤尾草，小心落脚，踩在坚实的地上，迎风朝山上走去。山很陡，紧绷的大腿能感觉到山坡的陡峭，他直喘粗气。成群的斑头海番鸭来巴林斯凯利格斯过冬，远离加拿大北极的严寒，天空里充斥着它们迁徙时的呼号声，在海面上投下一片阴影。当鸟儿们在他头顶聒噪时，他想象着它们一路万里飞行，小小的心在被风吹起的羽毛下跳动着。它们遵循着与生俱来的本能，朝家飞去。

走路有助于理清思路。也许是时候思考自己何去何从了。科尔姆不想成为又一个靠凯尔特根源吃饭的年轻作家。当然他忠于自己的家族、自己的根源，但大学里他的一位教授曾苦笑着指出，爱尔兰人很容易流于古怪。粗糙而朴实，玛莎这样形容他的诗。这正是他想要的。他唯 感兴趣的是真相。他读过许多有关形式主义的著作，知道技巧很重要。可对他而言，技巧不过是到达终点的一种手段，而非终点本身。他要他的写作像一道伤口去感染他的读者。一道美丽的伤口。

在风雪冻雨中他爬上山，朝塔走去。雾太大，看不到斯凯利格。前方，天空和大海混合成茫然一片，朝美国延伸而去。科尔姆真的爱这片土地，爱它的野蛮荒凉，爱它那未曾驯服的野性。这儿是陆地的边缘、欧洲大陆的边缘。他从骨子里感受到自己与若干世纪之前的爱尔兰之间的联系。这种联结促使他突破自己的局限。早在最后的冰河纪之时，伊韦拉赫半岛的冰斗、湖泊和山谷得以形成。河水将砂岩和粉砂岩从高山上冲下，冲到北方。高山大部分仍然为众人共有。不过，一旦不同的宗族集团在山上聚居而住形成小村庄之后，为了农耕放牧，宗族首领将大山分给各个家庭。可是由于边界不明、土地持有人的离开，以及复杂的多重所有权体系的缺失，大部分所有权关系皆遭抛弃，土地仿佛忘了它本来的用处。

就在不久之前，这些山上农场还养着多种牲畜。牛群们吃草太厉害，羊群没草可吃，凤尾草给牛蹄践踏，草层又矮又甜。苏格兰黑脸绵羊、威克洛的切维奥特羊和凯里的奶牛。可是由于上个世纪八十年代实施牛奶配额，现在乳牛场的数量日渐减少。小农场利润不足。起初的共同农业政策对维持偏远地区的农牧业，以及当地的社会结构有益，但是布鲁塞尔的改革却对其产生负面影响。

然而，科尔姆身边的人全都十分享受这所谓的经济腾飞的成果。新车、度假屋和房屋价格全都表明大家过得不错。谢谢你。可是在有些人尽情享受美好时光的同时，另外一些人却几乎难以维生。如果真有渗透效应的话，那么，在他看来，这种新财富没有朝他们那个方向渗透。人们反感税收，不惜一切代价渴望获得个人自由。贪污受贿几乎成了常态。星期六的晚上，随便在这个共和国的哪个小镇街道上走走，你便可以看到现代爱尔兰的丑陋一面。一方面是芳香四溢的财富，一方面是社会贫富分化。早间新闻里全是抢劫与暴力犯罪。

还有对新移民的怀疑。新移民主要来自东欧，同胞们似乎只知道如何移往他乡，却不知道如何迎接来到他们中间的陌生人。褊狭、冷漠、不公造成移往他乡和无家可归。爱尔兰人已经遭受了太多的压迫和不公，但愿这能让人们感同身受。一个世纪之前的大饥荒、第二次世界大战时，天主教爱尔兰对那些逃离纳粹德国的人缺乏同情，冷淡得像一块石头，而现在对那些无国籍人士和难民也同样缺乏关心。

令科尔姆啼笑皆非的是，在家庭观念很重的这个国家，他在演唱会上看到越来越多的年轻父母长时间外出饮酒作乐，却将孩子们独自留在家中，一瓶可乐、几张影碟打发了事。

古怪、机智和幽默，是这个地方的优点。但是在那些美好时光之下，跟他一起长大的人们觉得自己的特权被剥夺了。如果孩子们不想要家庭农场的话，何必费劲长时间劳作来维持它呢？如果你可以在SPAR超市找到一份工作，或当个银行职员，或在特拉利当个酒吧招待呢？科尔姆真泄气。他家一直在这块土地上劳作，到他已是第五代了。大部分同龄人早已放弃，他算个异类。更有甚者，他曾经离开过，出去读了大学，居然又回来了。可是科尔姆也有挣扎，他想写作，想搞音乐。他父亲出门在外，狗、冰雹、雨雪与之做伴。他爱他的羊群。他们出售两到三岁的阉羊和牡羊。牡羊羊羔则留着繁殖。阉羊用来产羊毛。可是随着羊毛价格急剧下跌，一切都变了。有些农夫仍然留着牡羊羊羔，却将阉羊卖给屠夫或肉类工厂。科尔姆想不养羊了，只保留几头奶牛，以及泥炭生意。他妈妈去给尤金当清洁工。这样，他可以继续跟尼尔一起做演艺表演。他们能够挺下去。科尔姆不知道能这样过多久，压力太大，再说他的心不在这上头。

疾病一直是恐惧的来源。科尔姆九岁时目睹过一场疾病。一个阴沉的寒冬下午，他跟父亲走过院子，饮水槽上有薄冰，院子里的稀泥也冻起来。那天的浓雾也大得不正常。他还记得草叶上、绿篱上的白霜，他呼出的热气遇到冷空气便凝结成冰晶。一头奶牛产下三头小牛犊。这可是大事，寻常难见到。亲眼见到三头小牛来到这个世界是件美好的事，回到厨房里，妈妈正站在阿加炉前烤松饼，围裙上沾着面粉。

后来，那天晚上，父亲告诉他，他们的牛感染了疾病，第二天清晨它们就要被送去屠宰场，那三头小牛也不例外。货车上还有几头母牛也快要生了，新生的牛犊半悬在它们的后腿间。一想到它们生在去往屠宰场的货车上，生下来就是为了几个小时后被毁灭，他情绪异常低落。他也从未见父亲那样心烦意乱过。

但是科尔姆已厌倦了要抽时间才能写作，厌倦了睡在儿时房间的单人床上，厌倦了由于当地物业价格飙升负担不起自己置业的费用，厌倦了陷于此地无法离开。他在自己真正想做的事和孝顺母亲之间挣扎撕扯。家庭生活。科尔姆苦笑着想，也许，我们还没有走出儿童时代。

科尔姆走在山脊上时，惊奇地发现几头小母牛在金雀花和石楠丛中散放着。没有人会在这么高的地方放牛。这么高的高地上，除了羊群，不适合任何其他牲畜。牛群的腿会卡在荆豆丛中和岩石缝隙中。它们在这么高的山上干吗？科尔姆不知道这些牛是谁家的。他设法抓住了一头牛，从它耳后的牌子上发现这是派迪家的。他扫视了一遍峡谷，看看他和狗是否在外面，然后又沿着派迪的脚印重新走回他的木屋。有一缕炊烟从木屋的烟囱里冒出，然而没有派迪的影子，他的车倒是停在泥炭堆边。如此说来，他不可能下山进城了。在路的尽头，铁丝网上有一个豁口，铁丝被人随随便便剪开，不久前铁丝网柱子被人从泥地里拔了出来。他走过去一看，地上嵌着牛蹄印。牛肯定是从这里跑出来的，但是一个头脑正常的人怎么会做这种事呢？科尔姆在雨里慢慢往回走，寻思着自己一个人怎么把这些牛赶到一起，安全地送回地里去。

科尔姆抄近路走过一个竖石群时，听到奶牛的低哞声，很愤怒的叫声，不过他还拿不准声音到底是从哪里传来的。等他爬上悬崖后，看到一头母牛躺在深沟里。它掉了下去，卡在了那里，而在它左侧身体下，有个人脸朝下被压在烂泥地里。是派迪。他冻僵了。

2

消防队员们花了整整一个下午才把这头被困的动物救出来。地势太高，拖拉机和举重设备无法开上来，所以他们只好用绳子和泥毡把这头胡乱挣扎着、像鲸鱼般的动物拖上来。它吓得眼睛翻白，大声嚎叫，口吐白沫。科尔姆一直陪着派迪，直到海空救援直升机将他吊起，送到凯里总医院。派迪的鼻梁摔碎了，两只眼睛乌黑，断了几根肋骨。急救人员担心他的脖子，将他的头用支架固定住。科尔姆想陪他一道去医院，但急救人员向他保证派迪现在很安全。

你什么也别担心，派迪，老爹。我会找几个人来照顾你的牛，也会挤奶的。科尔姆向他保证。我们会马上将那些牛圈到一起。你只管去医院好好休息，尽快恢复。

总有些事情让我们害怕。孤独。与世隔绝。科尔姆试着想象如果没人可以依靠，只有他自己时，该怎么办。日复一日，不管刮风下雨，在外劳作。派迪肯定六十多了，一直很健康，瘦长结实、轻巧灵活，像头公羊般，上山，下山。科尔姆自孩提时代就认识他了。派迪是爸爸的表亲。他以前总是在上学的路上碰到派迪，他一大早给牛挤过奶后，赶着牛群出来到地里去。派迪为人和善。有一次，上学要迟到了，科尔姆骑着自行车急冲下山，结果摔到沟里，还是派迪帮他理直自行车后轮，带科尔姆回他的小白屋，用滴露消毒水清洗他的膝盖，还给他泡了一大杯又浓又甜的茶。然后派迪把单车推进厨房，将被压弯的轮子扳回原形。

科尔姆知道派迪留在这里是为了照顾他父亲，但是不知道他是否有过离开这里、去过另一种生活的机会，比如这种合乎社会常规的事：遇到某人，结婚生子，然后维持这种生活，直到两人中谁先死去。可是现实生活没有这么简单。对有些人而言，责任和健康，甚至恐惧，都是阻碍因素。而现在，派迪该怎么办？住院期间，邻居们可以帮他一把，但是从医院回来后呢？每个人都够忙的了。

见鬼了，那些牛是怎么跑出来的？

3

这一天忙活下来，科尔姆筋疲力尽，他便去村子尽头的酒吧里放松一下。酒吧里都是本地人，这里是男人们的天下。一切都很熟悉，很少有陌生人来，除了夏天，有些陌生人搜寻现场音乐会时会找过来。在潮湿的冬天傍晚，总是那几个男人，在雨地里干了一天活后，躲到这里玩飞镖。许多人除了来酒吧找人喝酒外，没有其他的消遣活动。今晚这里有个老家伙，是从邻村来的，红脸膛，一口坏牙。他在酒吧里一直没脱帽子，跟一群人聚在吧台前，说个没完。科尔姆以前见过这人，不过不知道他的名字。

牛的价格再也不会回升了，他对旁边的人说，可那人并没在听。我还是把这块地卖给德国佬算了。当然他挣钱的机会微乎其微，简直不可能。

科尔姆要了一品脱酒，在远处角落、火的另一侧坐下来，头上方的墙上挂着一幅耶稣受难的印刷画，画里耶稣有颗流血的心。今晚他没心情跟人聊天，整晚就坐在那里，盯着那燃烧的泥炭发呆。

打烊的时间到了，玩飞镖的人现在全围在吧台前，急着要喝最后一杯。他们推推搡搡，人人都打算将其他人挤出去，自己好钻那个空当挤到吧台前。这些人都是酒鬼。大部分人在外劳作了一整天，刚从大雨里进来，全身还是湿的。印有图案的油毛毡上全是他们的泥脚印。只剩几分钟了，喝完这杯啤酒，他们会一股脑全拥出去，拥入黑夜。

戴帽子的人还在那儿唠叨个不停，却不知在对谁说。他一整晚都在喝酒，可是剩下的时间已不够他去解放他鼓胀的膀胱——厕所在没有点灯的院子尽头——并喝完他刚要的两品脱多啤酒。他的穿着和酒吧里其他人的差不多。一顶呢鸭舌帽，除了进教堂、上床或看医生外从不取下，深色夹克，裤子塞在绿色橡胶大雨鞋里，没有系领带的衬衣软塌塌，纽扣也扣得不对，衬衣随意地塞在皮带下。

每个人都在说话，却没人在听。就像他们的啤酒和烈酒要在打烊前喝完一样，这些人的故事也要在打烊前说完。他们挤在柜台前你推我搡，像牛群在牛市里挤作一团取暖一般。突然，科尔姆在啤酒味和人们的体臭中间闻到另一种刺鼻的味道。戴帽子的那人随意伸手拿过他新要的那杯啤酒，可是他的难题现在似乎已经解决了。刚才他嘴里还在唠叨着高尔韦对梅奥的那场比赛，也不知是在对谁说，反正没人听。他那超大的威灵顿雨鞋可算是好好利用了一把。泥地上慢慢积聚起一摊水，其他酒客们多少觉得举止不雅，先撤了。

科尔姆一口喝掉剩下的啤酒，拉上夹克拉链，站起身离开。那老头也摇晃着从温暖的酒吧出来，走进让人肃然清醒的夜里，蹒跚着，孤独地，一路湿漉漉地回家。

4

尤金脱下沾满泥渍的靴子，穿着厚袜子啪嗒啪嗒走到桌前。今天天气好，他跟乔还有会计一起打猎去了。他们打到几只鸟，现在用绳子串着脚，放在食品冷柜中。尤金开了一瓶威士忌，给每位客人和打猎向导们各倒了一杯。炉栅后面火生起来。恺撒和布鲁图躺在地毯上，头搁在爪子上。他们的大衣冒着热气。墙上挂着些打猎场景的印刷画。门上挂着一对鹿角，书架上一排米色、暗红封皮的书籍，那些书他很少碰。波兰厨子已将晚餐摆上长长的橡木餐桌。大葱土豆浓汤。一条酥脆的面包。小牛肉火腿馅饼，一大块斯蒂尔顿奶酪，一瓶波尔多葡萄酒放在银质酒托里。男人们切了厚厚的面包，小口喝着威士忌，沉默而友好。木材在炉子里噼啪燃着。顶风冒雨在沼泽地里跋涉过后，他们现在满面红光，四肢酸痛。大家讨论着射击、生意以及尤金在勃洛斯海德的计划。跟这群人在一起，尤金无须解释自己。

房间里充斥着狗身上的气味、粗花呢外套的潮湿味及雪茄烟味，酒一直喝到半夜。待客人们走后，尤金套上防雨夹克，带着恺撒和布鲁图出去了。月光下，他们的身影穿过湿草地朝海滩走去。风从海上吹来。威士忌让尤金暖和，他站在那里看着狗儿们在黑暗的沙滩上追逐，然后唤它们回来，往家走去。

西沃恩去都柏林了，他可以好好休息一晚。

5

天色晚了。炉子燃着。窗帘拉下来挡着雨。布兰登的书摊得满地都是。玛莎将它们分类码成几堆，哪几堆是她还要的，哪几堆可以送人，还有早就忘了的画廊展览的目录，以及有关尤斯顿道学校和意大利艺术的光面书籍。其他就是关于爱尔兰的植物群、动物群和圣迹的书了。就这样。这就是她的生活。丈夫走了。儿子走了，除了遗物别无其他。摊开在她面前的是十九世纪初期在爱丁堡和爱尔兰出版发行的《布莱克通用世界地图》，皮质封面，每页插图皆是镌版刻印于钢片之上。这肯定是布兰登在某家古旧书市上买的。一共六十一幅地图，号称“出处最新、最真”，全部人工着色，用极薄的黄色绉纸将每一页分隔开来。等温线表格给出全世界不同地区的年度平均气温。另一张表格则显示美洲各条河流的长度。它们散乱地分布于书页上，像解剖结构图中的毛细血管。密西西比河和亚马孙河长长的线条，圣劳伦斯河是球茎形，周遭的湖泊则像一个个恶性肿瘤，入海口处的水湾短而粗，像子宫。背面是按组分布的世界各大山脉，像维多利亚儿童剧院的门帘。不列颠群岛上的蓝褐色山冈。欧洲和非洲的山脉颜色逐渐变淡，到亚洲和所谓的“大洋洲”，山峰则成白色。

地图总让她着迷，她和布鲁诺都有这个爱好。布鲁诺会将地图摊开在地板上，找出最遥远的岛屿，问玛莎去那里要多长时间，她觉得有人住在那儿吗，那儿可能会有何种动物，这个远离大陆、有可能重新开始的梦想是什么。新乌托邦的概念令荒无人烟的岛屿有了存在的意义。《暴风雨》中的莎士比亚理解这一点；那些去斯凯利格，在未曾开发的悬崖上建造基督教徒避难所的僧侣们也理解这一点。那是被污染的世界上的一块纯净天堂。

星期三

1

尤金面前摆着一杯咖啡，他在浏览建筑商的计划，为下午的会议做准备。他喜欢这个建筑事务所的积极态度，他们提议光线空间用法，使用非常规建筑材料。传统与创新、大胆与慎重兼而有之。他知道在海岬之上建立水疗中心会是个敏感话题，不过人们习惯就好了。他想将它建成地标式建筑。今后人们谈到优美的建筑设计时会提到它。他要用当地石材，他要将斯凯利格岛框在大平板玻璃窗之中。他一直在研究泰特圣艾夫斯的一些面朝波斯梅尔海滩的风景画作。他就想要那种效果。他建的不是艺术画廊，但它以后也能称为画廊。身心放松。而且，就如他告诉玛莎的，这个地方能提供许多新的工作机会。当然，主要是清洁工、球场管理员。按摩师和理疗师得从外面引进，但是他们也要在当地租房子住、在酒吧里喝酒。财富就是这样运作的。

尤金刚从手下人那儿听说了那个事故，昨天派迪被直升机送到凯里总医院的事。真见鬼，派迪为什么要费力从沟渠中把那头小母牛弄出来？他养牛也算经验丰富，肯定知道单凭自己是不可能把那头牛弄出去的。没必要死在医院。本来说好的，唐纳德只需将牛放到地里，害派迪浪费一整个上午满山追赶牛群，为把它们赶拢在一起筋疲力尽就行了。尤金只想打击一下派迪的意志，让他重新考虑有无必要继续在那儿独自放牧。尤金没想让任何人受伤，他没那打算，但愿唐纳德是在晚上干的，没人看到，人们知道他为尤金干活。他们可能根据现场情况推断，但绝不可能认为跟尤金有关，所以其实没什么好担忧的。他最好还是给派迪送瓶威士忌去。现在他躺在床上了，可能懂得了生活宁静才是明智之举。如果派迪不是那么顽固，这种事根本不会发生。再说，他还坚持个什么劲？他就要退休了，无儿无女。就是经营那个地方，也干不了多久了。显然是科尔姆发现他，并叫了急救服务。天知道科尔姆在山上干什么。

尤金拿出笔，在需要和建筑师再商榷的地方画下粗粗的黑线。在页边空白处，他心不在焉地画了一座房子，有四扇窗户和一个斜屋顶，炊烟从烟囱里袅袅升起。尤金放下笔，欣赏欣赏自己的信手涂鸦，然后又在前门处添了一条狗。他必须再跟玛莎聊聊，她还没有回他的信，她到底打算拿她那块地怎么办。他想也许该请玛莎出来吃个饭，哄哄她，她一定很寂寞。如果他手法高明，处理得当，他们可能达成一个对二人都有利的友好协议。

2

雨下得很大。光线暗淡。也许他不会来了。玛莎坐在窗边，看着一辆拖拉机给高地上的牛送完草料后回来，在坑坑洼洼的泥路上颠簸，车前灯光摇晃抖动。等它走过后，路上彻底一片黑暗。

玛莎给科尔姆发信息说炉子冒黑烟，他答应过会儿来看看。**也许是鸟**。他回答说，**有许多活要干，忙完后过来**。她坐着听风吹得室外厕所屋顶上的波纹瓦片直响。外面，陡峭的悬崖直落大海。小木屋后面除了湿地外什么也没有，湿地一直通往受大风侵袭的沼泽。狐狸睡在深深的地下，一群绵羊用包装绳拴在门柱上，靠在那儿躲雨。沟里，白鼬跟在小田鼠后面，等待它的机会。

玛莎用从沙滩上捡来的石子装饰窗台，石子也加入了布兰登的收藏大军，她还像个孩子般收集浮木和贝壳。黎明前她醒来，用蓝色小茶壶煮茶，然后直接在睡衣上套上旧毛衣，开始整理他的论文。午饭时，她热点汤或走一英里路到电缆欧利里那儿买一个酸酪腌黄瓜三明治。星期三，这个地方通常没什么人。只有几个老人坐在角落里喝啤酒或汽修铺的那个男人在这儿玩水果机。

3

科尔姆去医院看派迪。派迪看上去苍老脆弱，眼睛下青紫瘀伤，脖子上戴着矫正颈托。医生说派迪会好起来的，不过他可真遭了不少罪，断了几根肋骨，恢复需要时间。科尔姆脑子里一整天都在想这事，这老头今后该怎么办呢？他的土地和小木屋怎么办？此时从养老院的护工那儿传来些闲言碎语，派迪一想到有可能被送到养老院就相当沮丧，医院只好同意给他妹妹诺拉打电话。诺拉会从科克来照料他，直到他彻底康复。这种安排下，他至少可以出院回家。

科尔姆一下午都在赶活。沃特维尔有场演出需要组织，有人请他们下周去一场婚礼上表演，报酬可观，会有很多人参加，这是个让更多人知道他和尼尔的好机会。他还得下山去玉米商那儿买点儿饲料。过去这几天他没时间考虑他的诗歌或玛莎的评论。生活就是这样。等他忙完后，他上了小货车，开过勃洛斯海德，去查看派迪的田地。他答应过派迪他会留意他的田地的。山上另外几个农夫也在帮忙照料他的牛。暂时一切都有人照管。一轮满月悬在木屋顶上，在整个海湾里洒下莲叶般的清辉。星光下，晾衣绳上派迪的衣服被风吹得上下翻飞。科尔姆取下他的睡衣、外套和袜子，拿进门，叠好，整齐地码成一堆放在厨房餐桌上。然后他去检查泥炭堆，加固被风吹得直响的偏屋门。

开车下山时，他注意到玛莎的屋里灯还亮着。他把车开到路边停下。这么一路忙过来，他早忘了自己答应过玛莎会过来看看她的炉子。不管怎样，不知怎地，他突然想见她。他敲门，她来开门，只穿着袜子，裹在一条大围巾里，他站在门口，手拿手电，在一圈光晕中，他几乎看不清她的脸。

科尔姆，看到你真好，她温柔地说。进来吧。我正要上床睡觉。你知道我在努力整理布兰登的这堆资料，进展不大。这儿太冷了。我点不着炉子。

他脱下厚夹克，把它搭在椅子背后，然后绕着炉子戳戳捅捅，打开手电，照照黑漆漆的烟道。

我觉得，这上面有很多垃圾，很可能是风吹来的。现在应该没事了，他说着又捅了一下，一堆盖住碎片的烟灰落在炉膛里。他把灰扫进畚箕，倒到前门外。你还有点火器吗？

一道黑色烟灰痕迹从他眉毛处划过，直到鼻梁上，好像战时脸上的伪装。

还是洗把脸的好，你有毛巾吗？

当炉子点着时，整个房间里一股煤烟的味道。她走到衣橱那儿，拿出一条干净毛巾，毛巾还像刚从晾衣绳上收下来时一样硬邦邦的。她将毛巾放在厨房水池边。科尔姆用牙齿挽起厚夹克的袖子，以免沾上烟灰。他的白而光滑的胳膊肌肉发达，有个小小的文身被灰遮住了。他像个外科医生那样用手肘打开水龙头，一块透明的酚皂放在滴水板上烂了的小碟子里，他用这肥皂擦着前臂。她站在门口看着水先是黑色的，然后变干净，她的胃里一阵痉挛。

我能请你喝一杯吗？葡萄酒？威士忌？我觉得这是你应得的。这么晚了你还能过来真的太好了。

他手湿湿地接过了那杯酒，然后在火炉边的安乐椅上坐下来，把酒杯放在地上，用毛巾擦干胳膊、手腕、指缝间的皮肤。

一点都不麻烦，玛莎。

出了什么事？她问。如果你不介意我这么说的话，你看上去很疲劳。

什么事？嗯，也没什么事。不过你说对了，我很疲劳。能坐下来休息一会儿真好。这两天可真够受的。我不知道你有没有听说昨天出的事。派迪·奥康纳，你知道，他住在山顶上那幢白色木屋里，在山上受伤了，得去医院。是我发现的。

受伤？他怎么会受伤的？

不知怎么搞的，他的牛全跑了出来。如果你问我，是有人砍了篱笆，不过，我可真不知道谁会去干这种该死的蠢事。但是派迪想把一头奶牛从沟里拽出来时滑了下去，奶牛压在他身上，他的肋骨摔断了，脖子也受伤了。他是被直升机送到医院的。

医院？

是的，牛跑得满山都是，派迪是那么仔细的一个人。

玛莎心里冰凉的。尤金。他应该不会这么卑鄙吧？

你知道怎么会这样吗？很可能跟任何人无关。我不想造谣，可是你知不知道尤金对海岬上那片地的计划？顺道说一声，你饿吗？我炉子上还有点自己做的汤，如果你还没吃饭的话。你想吃点儿吗?

啊，那太好了，玛莎。他说着伸直了他的长腿，放松地陷进沙发里，发现自己在这间燃着蜡烛、书籍环绕的房间里舒服极了。

我累死了。

外面风呼呼地刮着。炉子上的阴影轻快地掠过天花板，像猫头鹰。

不知道。他呷了一口威士忌。他对尤金的计划一无所知。那是不是说明他想除掉派迪?

她把她所知道的关于水疗中心的事全告诉了他，虽然她知道的也不多。

他想要我这块地的一部分，因为这里是去水疗中心的必经之地。

你不会卖的，是不是，玛莎?你不会卖给他的吧?

到现在我还没真正想过这个问题。我确实想过放弃这地方。不过，不，当然，我不会卖给他，我不想他毁了派迪的生活，毁了这个特别的地方。

这几天我想了好多。关于布兰登和布鲁诺。关于这个木屋和尤金的计划。我想尽力阻止他。也许不是什么大不了的事，我却觉得很重要。我有责任。我们这一代人享受了很多东西。免费的健康医疗、免费教育、找工作容易，我们能够很便宜地旅游，生活成本很低。买个房子住也花费不了多少钱。但是我们太贪婪了，房屋价格上升，我们觉得富有，结果家成了投资。人们开始借他们还不起的钱，而银行还鼓励他们借。我不想成为那其中的一分子。我想让这地方一直保留着，还是我和布鲁诺、布兰登来时的样子。我想记住它原来的样子。

她站起身，为他的酒杯里添满酒。然后她走回沙发边，停下，想也没想便将他的一缕湿发别到他耳后。这是下意识的动作，没有权衡轻重，没有认真考虑，她真不是故意这样做的。她转身想走开，这时他却抓住她的手，把她拖到他面前来，突然之间，他的舌头已在她口中。这是她想要的吗？她并不觉得，可是她也没想到自己仍然这么渴望被触摸。为了抹去布鲁诺在她生命中留下的空白。她知道她应该拒绝，但这样做有什么不好？当他解开她厚衬衫的纽扣时，她能闻到他身上的烟味和肥皂味道，突然间意识到她乳房上的妊娠纹。他解开自己的牛仔裤，脱下衣服，她的手指抚摸着他左胳膊上的日本鲤鱼文身。那紧致的肌肉、金色鱼鳞、摇摆的尾巴。在火光下，他看起来非常年轻，雪白的躯干还像个男孩，一缕黑毛从肚脐处往下到那簇粗硬的毛丛。她将脸埋于其间，感觉他在慢慢变大，像是自己培育长大的一般。他站起来，从扶手椅背上拿过一条毛毯，将他俩裹起来。然后，他抚摸她，她微微喘息着，炉中的泥炭在炽热中炸裂开来。慢慢地，她的身体开始从刀锋般的折缝中展开。多少个月来，这是第一次，她的心结解开，取而代之的是崭新的宁静，仿佛她正重新回归她自己。他们躺在炉子前面的地毯上，时睡时醒，直到清晨潮湿的田野上天空泛白。

星期四

1

玛莎准是睡得太熟，因为当她醒来时，科尔姆已经走了。椅背上他的夹克不在了，炉子里的火也灭了。难道科尔姆在这儿只是她的一场梦？可是大腿间的湿渍告诉她这不是梦。玛莎从临时床上爬起来，手指上还残留着科尔姆的味道。她叠好格子毛毯，将它搭在沙发背上，走到橱柜那儿，切了一块面包，再抹上厚厚一层黄油，又用勺子背抹上果酱，然后又煎了几条培根，做了份炒蛋。她很久没觉得这么饿过了。

洗过澡，玛莎将木屋打扫干净，这一天剩下的时间里，她安静地清理布兰登的书和论文。昨晚发生的事，她不知该作何之想，又该如何理解。有时候，当我们遇上另一个人，我们有种似曾相识的直觉，并非因为我们的表白解释，而是我们之间无须言明的联系。也许孤独只是横亘在我们的内心世界与别人如何看待我们之间的鸿沟。尽管她的婚姻漫长，她有时候还是会想布兰登是否真的懂她。她爱布兰登是出于一种习惯，出于这么长时间在一起生活，还因为他是孩子的父亲，但是她常常，尤其是在他们失去布鲁诺后的最后几年间，她常常感觉异常孤独。在他们年轻、初相爱时，他们曾开玩笑地检验过彼此：如果我变丑了，你还会爱我吗？如果我遭遇车祸或破产，你还会爱我吗？虽然我的内心仍是那同一人。

然而，成年人之间的爱很少能够像那样纯粹无条件，对吗？玛莎唯一能肯定的是，她愿意为儿子付出一切。

如此之多的情感维系，玛莎想，不过是抵御孤独的一种方法。女人对丈夫唠叨不休，丈夫因怀疑妻子有外遇而将妻子的脸撞向桌沿——所有这一切不过是因为他们彼此“需要”。只有对方才能让我们逃离我们难以忍受的“自我”，如果对方离开，我们便无处可逃。可是跟科尔姆在一起，有那种罕有的感觉：一切无须解释或证明。事物就是它们本来的面目。当他们谈论他的诗歌时，玛莎明显感觉到这一点。科尔姆对她的批评所持的开放态度、他沉默地接受玛莎懂他的诗歌的方式。他可能年轻得多，如果布鲁诺还活着的话，两人年纪大致相仿。然而，科尔姆很聪明，有着成熟老练的为人处世之道。

她想从他那儿得到什么吗？真的没有什么。她知道他们之间的关系是脆弱的、短暂的。可是，至少现在，多少个月来第一次，她觉得自己是活生生的人了。

2

科尔姆送派迪回家时，诺拉已在家里等着了。派迪不用再戴矫正颈托，还好只受了点瘀伤和断了几根肋骨而已，不过受伤之处还贴着绷带，这样他走路得小心。诺拉刚生好火，将派迪洗好的衣物熨好，烤了一批甜松饼，她在厨房里忙忙碌碌，整理报纸，将旧马鬃沙发的坐垫摆正。这是她长大的地方。虽然这些年她远走他乡在科克教书，复活节和圣诞节她还是会回来看看哥哥。诺拉一直没嫁人，所以这儿仍像是她的家。母亲在世时，厨房里总是让孩子和狗挤得满满的，现在厨房里的每样东西还跟那时一样，那个面粉桶，那大大的黄色陶瓷碗，诺拉用它来揉做甜松饼的面团，还有那靠在火炉旁的铜煤箱。派迪是个爱干净的男人，他把自己和小木屋都打理得很好。现在诺拉退休了，对任何一个女人而言，当了四十年的小学教师，也足够了，不过她还是成功地过完了最后十五年。这么多孩子的幸福和教育以及每周两晚去教堂唱诗班令她十分忙碌，好在她讨厌闲着。那些晨会、一年一度的庆祝耶稣诞生所做的排演让她忙碌充实。排演天使加百列从她家厨房的活梯上传递特大喜讯的场景时，她坚持要在马槽里铺上真正的稻草，每次准有一个牧羊人失去一条条纹茶巾。这么多年来，她的日程总是排得满满的，家长会和各种活动、负责学校敲钟打铃、午休时监督操场上的孩子们、分开打斗的学生、包扎学生受伤的膝盖、照管七八岁的孩子们最爱玩的跳绳游戏和足球。还有谁比她更适合照顾自己的哥哥？她会让派迪尽快康复的，她也很想知道那些牛是怎么跑出来的。

科尔姆小心地将派迪从货车上放下来，诺拉当时正在熨派迪的睡衣，看到派迪倚靠着那个年轻男人走过泥炭堆，出现在绿色前门时，她感觉怪怪的。他们小心地搀扶着派迪坐进火炉旁的高背扶手椅里，诺拉泡好茶，端出果酱和甜松饼，果酱盛在玻璃碟里，温热的甜松饼装在母亲的花纹餐盘里。诺拉递了一块松饼给哥哥。

3

安顿好派迪后，科尔姆便离开了。才十点钟，天气晴朗、不稳定。大海在微弱的太阳下闪着光。他开车下山，在玛莎家门前停下，科尔姆跳下车。

走吧。玛莎一开门，科尔姆便说，穿上外套。天气真好，不能辜负。我们开车去兜兜风吧。

自从那晚科尔姆离开后，玛莎一直没见着他。她笑他这般随便放肆，不打招呼就来。她梳梳头，随便抹了点口红，套上外套系上围巾。

走吧，我好了。我们去哪儿？

科尔姆那锈迹斑斑的货车乘客座位很高，玛莎费劲地爬了上去。里面一团糟，全是绳子、旧的泥炭袋、雨鞋、电线和扬声器什么的。有块空地上凑合着放着毛毯和床垫，看来他外出演出时，这就是床了。车上还有个破旧小煤气炉和冰箱。但是玛莎无所谓，自由的感觉让她非常愉快。

派迪还好吗？她问。你接他出院的，是吧？你真好。

我不能让他自己坐出租车回来，是吧？我喜欢那个老头。我得说，他很高兴回家了。他妹妹诺拉会照顾他，现在正忙着让派迪吃她烤的东西呢。派迪会恢复的，他是头顽强的老山羊，看着他回到自家的火炉边真好。你有没有从尤金那儿听到什么新消息？

没有，她说。奇怪地安静。不过我们别说他了。你打算带我去哪儿？

他没有回答，只是扭开用胶带粘在仪表板上的破旧收音机。爱尔兰音乐电台的音乐声立刻充斥着整个货车。他们向右急转，穿过沼泽地，经过泥炭发电站，朝沃特维尔去了。低斜的太阳透过车窗照进来，他们朝远处的大山开去，沿着凯里之环蜿蜒的海滨路朝卡厄丹尼开去。往上是荒凉的山景，往下是碎浪拍打着宽阔空旷的海滩，一切看起来难以置信地美丽。突然，科尔姆减慢速度，开进一座大门，停了下来。他们爬下车，费力地走到田野中央，那儿有一根古老的石柱，上面刻凿着一些原始字母般的平行线条。这是欧甘石碑，科尔姆告诉玛莎。没人知道它们从前的真正用意，有人说它们标记着埋葬地址。有人说这是部族之间的边界。

玛莎和科尔姆走到丹尼尔·奥康纳的故居，却发现因为冬季，故居关闭了。他们只好顺着土路走下去，穿过松林，越过长着草的沙丘，来到海湾，再爬上岩石，走过被风暴搅乱的海草，朝更远的海岸走去，在那边一座小教堂的废墟下，两人脱掉外套和厚毛衣，躺到沙滩上，感受着一月份温暖的阳光，直到冷风将他们吹回了货车。

在伊丽海滩上，玛莎和科尔姆在高尔夫球场附近停下来。一面爱尔兰旗帜在俱乐部屋顶上飘扬。在沙丘与翻滚的碎浪之间，修剪得整整齐齐的树篱和草坪看上去很不谐调。两人走下海滩，风拍打着他们的围巾和外套。这儿绝对是冲浪的好地方，可是仅有一个孤独的遛狗人。

《入侵之书》中提到过这个地方。科尔姆告诉玛莎。他搂着玛莎的肩膀，为她挡风。你听说过吗，玛莎？它是一本古老的教科书，人们认为它囊括了整个爱尔兰的历史。据说诺亚的孙女被拒绝登上诺亚方舟，她最先带人入侵爱尔兰，不知道她做了什么让老诺亚生气。不过，不管怎样，如果你相信的话，最后她带着五十个女人和三个男人在科克郡定居下来。这三个男人中有一个是芬坦·麦克·博赫拉，诺亚的孙女嫁给了他。根据这个神话故事，这三个男人同意平分这些女人。对他们来说，挺好，对女人们来说则不怎么样，他笑了。他们同样也划分了爱尔兰。他们希望在这里繁衍生息，至少这么尝试也挺好玩。不管怎样，后来另外两个男人死了，所有女人都归于芬坦。结果他开溜跑了，而她们全葬身于此。

我想，接下来是帕索兰人。他们应该来自希腊，而且，如果我没记错的话，在他们之后应该是内维人和只有一条腿、一只手的弗摩瑞人。这个海湾一般被认为是米列希安人登陆的地方，他们应该是爱尔兰土地上真正盖尔人的祖先。好了，这浓缩历史怎么样？他边问边为她把围巾系好，仿佛她还是个孩子。再说，他笑了，即使我说错了，你也不知道！

还有，从这些酒吧的名字你也看得出来，这儿曾经是走私之地，有大量的沉船。上个世纪初，一艘丹麦帆船在前往麦克马洪的木料场时，在这里触礁，一些船员被葬在当地教堂。噢，是的，我现在是你的正式导游。另一件事便是法西斯分子查尔斯·林登伯格，据说他独自驾驶飞机从纽约飞往巴黎，途经爱尔兰上空。我再想不起还有什么你应该知道的了，科尔姆说着跑下海滩，朝大海跑去，牵着玛莎的手，让她跟在他身后。潮水涌过来，他们只好往后跳着躲避，免得弄湿。看到科尔姆捡了块扁石子在海面碎浪上打出三个水漂来，玛莎想起许多年前，布鲁诺在海滩上到处收集平滑的石子，努力练习打水漂，让石子在波浪上跳跃，仿佛水漂打得好意味着他不再是男孩，而是男子汉一般。玛莎仿佛现在还能看到布鲁诺认真努力的样子。

大海是透明的绿色，海湾另一边是连绵起伏的褐色大山。他们从海滩往回走，来到小镇上，一排色彩明亮的老式住宿加早餐旅馆让她想起了上个世纪五十年代的英国海边景点。镇上有些冰淇淋和奶茶的招牌，可是整个地方好像都关门不营业。他们在巴特勒阿姆斯酒店停留了一下，喝了点酒。科尔姆告诉玛莎，查理·卓别林及家人曾年年夏天来此度假。现在这个小个子男人手拿着圆顶礼帽和铜手杖永远地站在了大西洋的大风中。

两人回到车内，沿着海边蜿蜒的路开下去。山顶上，一群巨石矗立在冬日的天空之下。周围是沼泽。菖蒲就长在路边，在田野一边停着一辆大型挖土机。玛莎想，不知它是不是用来挖泥炭的。田野其他地方则零星分布着一些破败的小木屋，没有窗户，屋顶塌陷。路的另一边，则是一排新建的平房。

真可惜，这些老地方现在成了这副模样。

人全走了啊。这儿很穷，科尔姆说。没有活干，只有赖以维生的农牧业，不管怎么说，他们的家人可能还在为谁才真正拥有这块地而争执不休呢，所以永远也不会卖。极可能他们拿到了建筑补贴，打算也建一座那种时髦的新平房。市议会对房屋设计有指南，你知道吗，就像无处不在的福特小黑车，你可以选择任何一款你喜欢的设计，只是它们都很丑。

真可悲。

当然，这儿可悲的事多着呢。

他们停下车，爬过一道干石墙，越过一块未开垦的土地，来到小海湾，这时天色暗了下来。

我们这是去哪？

闭上眼，玛莎，直到我说可以睁开你再睁开。

她任他牵着手，闭着眼睛，跟在他身后慢慢走着。待他们转过弯后，他说：现在可以睁开了。

前方，天空似乎着火了。在巨大的参差不齐的岩石后面，天空红彤彤、黄灿灿，仿佛在燃烧。

天哪，科尔姆，太美了。几乎让人相信上帝真的存在了。

是的，科尔姆说，有人说复活节时，太阳在斯凯利格上舞蹈。那是耶稣复活的标志。

我懂。玛莎轻声说。他们站在风里，天色渐渐暗下来，先是紫色，然后是黑色，最后一个巨大的火球坠入海中。

4

玛莎并没有让科尔姆留下来过夜。他们喝完那瓶葡萄酒，炉子里最后的余烬也熄灭了，科尔姆还是跟着玛莎上了那陡峭的楼梯，来到她的卧室。由于一下午她都在外面，此时卧室里冷得要命，他们和衣而卧，盖着一床被子，拥抱在一起。今晚是满月，小房间内月光如水。等暖和一点后，他们一件件脱下衣服。

呃，你的脚真冷，玛莎。

她用手指描摹着他的脸，抚过他的鼻梁、有胡楂的脸颊和眼睛，试着将它们印在记忆中。玛莎知道她再也不会跟他睡在一起了。

我想好了，科尔姆，玛莎说，依偎着他。这么久以来我一直在考虑这件事。我知道这是我唯一可以做的事。我打算回家，回伦敦。如果我还留在这儿，尤金会为了这块地继续骚扰我，我真的不够强大，无法跟他打交道，我宁愿保持一点距离来处理这件事。只要我消失，不告而别回伦敦，他就只能通过我的律师来跟我打交道，当然啦，我不会同意的。但是他再也没办法靠不停地拜访我来向我施压，也不可能掏出一沓钱来个痛快交易。不是我同意不同意的问题，而是我不想要那种焦虑，不想卷入那种本地诈骗中去。太痛苦了。她说着，在他温暖的肩头蹭了蹭。我需要往前看，我需要决定今后做什么。我有些想法，当然不是什么宏图大愿。我想为难民做辅导，给那些从战乱国家来的难民、那些需要学英语开始新生活的难民当老师。不，科尔姆，别拉下脸来。噢，天哪，难道我听起来很高尚，很有北伦敦味吗？

有一点。他笑着吻了一下她的鼻子。

可是，说真的，科尔姆，我是个老师。我可以做那些事。跟年轻人一起工作，让自己忙碌起来，让自己每天早上有个起床的理由，这感觉肯定很好。大家都需要这样。天知道我能为他们做多少，但是肯定对我自己有帮助。我还没有完全决定好，不过我真不想再回去全职教书了。

我有个建议，希望你能听我说完。玛莎边说边拨开科尔姆眼睛上的头发。我决定不卖这个小木屋。既然不卖给尤金，当然也不会卖给任何人。如果我卖给别人，如果尤金肯花钱的话，难保他们不会扭头就卖给尤金。我不卖房，水疗中心项目就无法再继续下去。显然，尤金取得了市议会的许可。不过，当然，我不知道那实际的意义。现在只有我跟派迪在阻止他。我希望这个地方能维持原样不变，科尔姆，为派迪、为你、为我、为下一代。现在保持原始状态不开发的地方真的不多了，那种地方，晚上的天空墨黑到你能看到天上的星星，看起来仍跟一千年之前一样。现在一切都在变。许多真正的东西都消失了。我想记住这个地方，让它就跟我同布鲁诺和布兰登来时一样，我要尽自己一份力来保护它。我知道派迪和山上的其他单身汉可能是最后的几个这种人了，我想让他们的这种生活更长一点，但愿听上去没那么伤感。我虽不是什么有钱人，不过我在伦敦有几个房客，还有布兰登的退休金，我应付得过去。校长同情我，建议我提前退休。我并不缺钱，不需要卖这块地。所以我的建议是，玛莎说着用双手捧住科尔姆的脸，如果你同意的话——帮我个忙，真的，你得帮我这个忙，因为我一直在为此发愁——我建议，由你来照管这所小木屋。你需要写作的时候，有地方可写。我不需要你付任何租金，但是，如果你能维护它，修补需要修补的地方，比如屋顶的瓦片被暴风雨吹落之类的事情。这就是最完美的解决方案了。我希望你能完成你的诗稿，让它出版。你可以在诗集上题词献给我，玛莎半开玩笑地说，还有献给布鲁诺。

谢谢你，玛莎。科尔姆将她搂在怀里。

感激不尽。那我们就说好了。书是你的。

5

天刚蒙蒙亮，他们就起来了。玛莎为科尔姆做好早餐。鸡蛋和培根，还有一壶浓茶。吃过早餐，玛莎将碟子放进水池里，科尔姆则穿上夹克。他们没说再见，只是站在车门前，在清晨的细雨中彼此拥抱。玛莎还穿着睡衣，科尔姆拉好拉链，将蓝色帽子往下拽拽，钻进驾驶座，然后摇下车窗，抛给她一个飞吻。

照顾好自己，玛莎。祝你一路顺风。

说完，他的红色货车转个弯，朝山下驶去。

6

玛莎反身进屋，穿好衣服，打包行李，将所有装有布兰登文稿的文件箱连同她的行李箱、登山靴一道放进汽车后备厢里。她将其余的书全留给了科尔姆，带这些书回伦敦太麻烦，有价值的书她早已送回伦敦了。不管怎样，玛莎想让小木屋保持原样，保留她做决定不卖时的样子，哪怕近期她不可能再来这儿了。天色尚早，她要走了，渡轮票还没有买。不过，一年中这个时节，过海应该不成问题。玛莎想趁自己没有撞上尤金之前就走掉。她从伦敦写信给他，不，最好还是让她的律师写。玛莎并没把握，也许尤金没有她这块地仍然能够继续他的计划，不过很可能不行。她能做的只有这么多了。

她走到楼梯后，打开壁柜，关掉浸入式电热水器和电，清理炉子里的灰，将它们散在风中。然后洗完早餐的碗盘，擦干，整齐地摆在橱柜里，拖干净厨房的地，清空冰箱。

上楼，整理卧室，玛莎站在起居室中央，最后再环顾一下四周。这儿有太多她的生活印迹，太多的布兰登和布鲁诺。她走到书架边，抽出布兰登学生时代的《圣经》，从桌上拿起他的素描本和布鲁诺的照片，然后锁上门，将钥匙挂在屋檐下生锈的铁钉上，上车，朝渡口开去。

2009年6月21日

1

玛莎没有告诉科尔姆她在这儿，虽然他们一直保持着联系，但主要是通过电子邮件。没必要见他或任何人，玛莎不想在这儿停留太久，她只是来做一件事的。从法伦福尔机场坐出租车到达巴林斯凯利格斯后，她订了第一家尚有空位的住宿加早餐旅馆。大厅里一股空气清新剂的味道，早餐室的玻璃橱柜里摆放着收藏的陶瓷马和全身着绿的塑料矮妖精。四面墙上全是盖尔威赛马的照片。骑师们身穿条纹马甲，手捧大大的银质奖杯，站在他们的马和教练旁边。餐厅里只有玛莎一个人，早餐有煎鸡蛋和培根，她就着一杯浓茶咽下几片白吐司。下一顿估计会是很久之后，所以最好现在还是尽量多吃点。玛莎醒得很早，有种紧迫感，房间花里胡哨，床单是尼龙的，她睡不着，房间里的舒洁纸巾盒和装百花香的碟子倒是色彩谐调。吃过早餐，玛莎上楼刷牙漱口，穿上防雨衣、登山靴，然后检查背包，确保需要的东西全带上了。天气不算太好，她不知道船会不会开。昨天，她到后做的第一件事就是到码头上找“飞马号”船的船长。当时天在下雨，不过船长告诉她天气预报说今天天气会好，她应该今天早上再过来看看。

船八点钟出发。来回四十英镑。她应该穿更结实点的靴子。带好防雨用具，也许还该带点三明治，因为他们要四点钟后才能回来。

当玛莎到达码头时，那儿已经有一小群人等着了，他们都穿着防雨服，站在生锈的铁链和塑料鱼桶间。德国人背着背包，几名日本游客脖子上挂着照相机。退潮了。船的水位很低，他们只好顺着固定在湿湿的港口壁上的陡峭金属梯爬下去，来到甲板上。船长收了他们的钱，开玩笑说如果任何人觉得晕船想呕吐，请在下风处呕吐。日本人紧张地笑了。接着，马达发动起来，船震颤着有了生命力，绕小港口一圈后朝大海驶去，突突突地经过马岛，岛上的小木屋就建在碎石滩上唯一的一株树旁边，树刚高过屋顶。

当他们从海湾出发时，天下起雨来。很小，绵绵密密，慢慢渗进她的连帽衫夹克里。她站在船尾，观察着船与大陆之间那片越来越大的灰色水域，这时，其他乘客缩在防雨服里，在船长室后的遮雨篷下避雨。布兰登的木屋在悬崖上，她能看得见，还看到其他废弃没人住的木屋点缀在勃洛斯海德上。在离大海三百英尺的高度上，紧紧攀附着褐色大山的边缘，它们看起来摇摇欲坠相当危险，太远了看上去又像一排玩具房屋。玛莎不明白它们为什么会建在那样恶劣的地方。她想象着一个女人弓着腰，冒着毛毛细雨在木屋间穿梭，围裙里兜着几只温热的鸡蛋。一个老头，身上一股石碳酸皂味，穿着他最好的衣服鞋子冰凉地躺在那里，周围是飘忽的蜡烛，家人围在棺材边守灵。

一缕烟从烟囱里袅袅升起。玛莎不知道科尔姆是否在那儿写作，也许在山上放牛，他母亲的牛。她知道都柏林的一家诗歌出版社即将出版他的诗集。科尔姆已经邀请她参加首发仪式。但是玛莎不想去。这是他的成功，科尔姆那里不需要她。不过玛莎为他高兴，很开心自己在他的成功里也起了一点点作用。近日，科尔姆多次向她保证这本诗集是献给她和布鲁诺的。还有，有一个女孩，科尔姆告诉她。去年夏天他结识了一位年轻画家，当时那个姑娘在海滩上画画。据说她即将在科克举办一个小型画展。而那之后，科尔姆写道，如果可以的话，她可能会来这儿，跟他在小木屋待上一段时间。如果玛莎对这种安排觉得不舒服，他完全理解，不过，有个伴会更好。

她立即回信。她为他高兴。小木屋就是给人住、给人用的，她当然高兴。她问起那个女孩的事。她叫什么名字？

伊莫金，他回信。

那么她不是爱尔兰人？

不是，他说。是英国人，她爱上了这地方。

派迪呢？派迪还好吗？

派迪很好。不管刮风下雨还是整天待在山上，不过诺拉现在一直跟他住在一起。有时间的话，我也会过去帮把手。

2

当船经过防波堤，朝尤金的私人海滩前进时，风浪大起来。海鸥利用上升的热气流滑翔而过。世事无常，人生如梦。过去几年间，爱尔兰经济迅速扩张，整个国家大变样，这里也根本不是她二十年前第一次来时的样子了。但是，仿佛一夜之间，贷款越来越难，有人预言，全球将爆发金融危机，爱尔兰银行正承受巨大压力。她听说，凯里周围的一些小建筑商已经破产了。他们靠三个月展期贷款为度假屋和建房项目提供资金，然而那些房子几年也卖不出去。如果真是如此的话，那衰退即将到来。有传闻说大开发商如利亚姆·卡罗尔之流付款也有困难。老虎的牙齿已经被拔出来了。

圣诞节前夕，尤金就斯凯利格水疗中心项目的可行性与银行开了个不太愉快的会议。银行经理躲在他那张仿制古董桌后面一边擦着眼镜，一边不客气地解释道，以前国际市场上借款宽松，资金源源不断流入，由此导致爱尔兰土地价格的大幅上扬，这一点尤金早已知道。但随着国际货币市场逐渐冻结，没有新资金，意味着没有新贷款，也就没有新地产交易。他很抱歉，但他爱莫能助。

银行的这种态度尤金还不习惯，他心情很糟，开车到基洛根同他的律师一起吃饭，并告知这一消息。

这是个热闹的夜晚。他们讨论利率的走向，仔细研究资产负债表。尤金不愿意让他的项目下马，他痛骂那些思想狭隘的官僚挡了他的路。他们喝波尔多葡萄酒和白兰地，抽雪茄，尤金走时夜已深，比他预计得要晚得多，他还气咻咻的。当时天气恶劣，道路危险难走，四驱车撞到停在沟边熄火的拖拉机。不用说，他开得太快了。

玛莎想到尤金寄往伦敦给她的那些信件，愤怒、恐吓、连哄带骗、情绪激动的胁迫。这一切到底为了什么？太多恼怒，太多憎恨。尤金的故事成了传奇，今后当地人会记住他，因为他是那个企图将派迪·奥康纳赶出自己土地的人。科尔姆告诉玛莎，那幢老教区长住宅现在归罗伊了。他现在在利莫瑞克大学学农业，对树木的兴趣大过水疗中心。

3

像哥特式幽灵古堡般的灰色轮廓隐隐浮现在雾里。怪不得六世纪时，那些乘坐没有顶篷的小舟、走了同样旅程的僧侣们以为他们在前往世界尽头。一群嘈杂的海鸟在头顶上盘旋，它们的叫喊声像迷路的灵魂穿越迷雾。在岩脊上挤作一团的大群塘鹅，还有成堆的白色鸟粪，使得前方的岩石一片白。当船长将船靠向岩石时，日本人争抢着挤到靠岸的一侧，纷纷举起照相机。船有些倾斜，他们惊慌地叫起来。

还要二十分钟才能到大斯凯利格。等终于到达后，玛莎一身湿透了。他们靠近小码头，浪头太高，要爬上那滑溜溜的水泥地上去很困难。这一小群人沿着悬崖下的一条小路往上走，地上有散落的羽毛和鸟粪，玛莎闻到筑巢海鸥的臭味。岩石比她预料的要大，大得像座陡峭的岛。有几个人已经聚集在险峻的台阶下，他们在抓拍一只海鹦。它站在矮灌木丛中，小丑样的嘴喙，那漫不经心的神态，像极了明星在狗仔队前的摆拍。

往上爬的台阶十分陡峭，玛莎简直不知道自己能不能爬得上去。她恐高，担心自己朝下看时会头晕，到时候无法返回。她也不想大惊小怪，弄得尽人皆知。怀布鲁诺时，她曾跟布兰登去过圣艾夫斯。大夏天，他们沿着海岸边的路走，迷路了，她发现自己紧挨着一块露出地面的岩石，下面便是波光粼粼的碧蓝海湾。她不敢动，布兰登自己也有点恐高，只得哄着她一步一步走，直到笨重的她重新回到平地。但是这次她决定一定要登顶。她为此而来。布鲁诺一直想来，最后那个夏天他在小木屋里坐立难安，受够了坏天气，总是盯着窗外，看浓雾是否消散。

要是明儿天晴，准让你去，她保证道，可是你得早点起床。

可是雨下个不停。布鲁诺坐在炉子前的地板上画画，从旧杂志上剪下画片粘贴到剪贴簿上去。他们收拾行李，将行李放到车上准备回伦敦参加他的小童子军夏令营，玛莎还向他保证明年他们绝对会回来的。斯凯利格之旅将会是头等大事。

我们永远不会知道是否会乐极生悲，玛莎一边朝陡峭的石头台阶爬去时一边想。如果儿子现在跟她在一起会是怎样一种情形？年轻、健康、高大，脚蹬登山靴、身穿连帽衫。当然，如果儿子在她身边的话，玛莎就不会这么惶恐了。她想如果布鲁诺还活着的话，现在他会在做什么，考古学家？历史学家？他不仅仅对斯凯利格有兴趣，许多个下雨的周末，他们曾在大英博物馆陈列埃及木乃伊的展馆里度过，或者看着那些从泰晤士运河烂泥里找到的罗马古币。但是谁知道他会变成什么样呢。儿子如果活到现在，长大成人后，跟曾经十岁的男孩之间不会太像。不过，不管布鲁诺什么样，他总是她的孩子、她唯一的孩子。玛莎希望布鲁诺为她这次攀登骄傲，为她终于实现了他们两人的心愿而开心。

玛莎跟着其他登山者往上爬，尽量只盯着眼前下一级台阶，绝不看下面的波涛。燕鸥在头上盘旋。一个身穿蓝色防雨服的年轻人提议说走在她的外侧，并伸手给她，让她扶稳。玛莎非常感谢这小小的善意之举。她往上爬时，想起了那些赤足攀缘的朝圣者。尖锐的石头刺进他们的肉里，痛苦让他们更接近于目睹圣母真容，或更容易看见可能增强他们信仰的某个标志。

玛莎惊奇于每一块平石板是如何塞进悬崖边上，如何在下面垫上石块令其稳固的。凭双手来砍凿这些石头得花多少劳力啊。她抬起头，前面是一段垂直的石梯，似乎消失在低矮的云层里。她往上爬时有种中世纪油画里天使顺着天梯升天的感觉。最后一段最陡峭。她只得转过身背对大海，这样她就看不到脚下的百尺悬崖，然后再一寸一寸地往前挪，脸颊手掌紧紧贴着岩石，通过那狭窄的架子。石头又湿又凉，贴着她的肌肤。她紧贴着花岗岩壁，心跳加速。多么奇怪啊，曾经熔化过、从地心里冒着气泡流出的岩浆居然变成如此坚硬的巨石，她得紧贴着保命的巨石。就在这时，突然之间，路变宽成了平坦的地面。

一堵低矮的墙标志着那儿是僧侣们曾经种植白菜和羽衣甘蓝的小块田地，他们用这些蔬菜搭配少得可怜的鱼和海鸟。禁食是他们生活的重要部分。爱尔兰的修道士制度非常严格，以致有僧侣们死于饥饿。岩石上没有泉水。雨水接起来，存在储水箱中。面包少得可怜，因为他们从哪儿能弄到面粉呢？苦涩的药草算是为他们单调的饮食中增加了新品种。修士们痛恨丰富充裕，因为据说这会触发性欲，而按教义他们是要禁欲的。可是缺乏营养对他们消瘦的身体产生严重不良影响。风雨中，或偶尔的太阳曝晒下，修士们一连多个小时坐在石头上，大海在下面咆哮，冥想着上帝的仁慈，他们会产生幻觉和错觉。

玛莎转过转角，蜂巢石屋突然出现在眼前。它们看上去像石头建的圆顶小屋。她走进一间，里面一片漆黑，只有一线阳光从窄窄的缝隙中透进来，照在湿湿的鹅卵石上。最大的小屋是用来做饭的。外墙上有一块石阶，僧侣们踩在那儿爬上去拿开最上面的石板，让烟出去。他们烧什么呢？这里没有什么东西可以做燃料。玛莎尽量想象在这儿，在这么不舒服的环境里住上几个月，甚至住上几年会是什么样。这种环境便是他们的整个世界了。

她知道在更远的南峰处，从八世纪到十三世纪，僧侣们建了一个更加与世隔绝的隐居处。要到达那三个平台需要真正的岩石攀登技巧。你得成功越过一处号称“针眼”的天然石头烟囱，再沿着狭窄的岩脊爬过去，下面就是直落的大海，然后再贴着悬崖壁上凿出的放脚搭手之处一路爬上去。在建造这种隐修所的愿望背后是何种超人般的热情呢？又是何种不屈不挠的精神让他们在宇宙边缘建起这高山居所呢？他们随时都可能因此粉身碎骨。是虔诚的顺从抑或简单到只为了欣赏大西洋的美景？又或者他们相信，在这儿，在这块岩石的最高峰，他们最终能直面上帝？

她不由得想到人类是否真的在最近这八百年间改变了。她一直在读有关中世纪爱尔兰社会的书。社会各阶层的孩子从幼儿时期就被迫与父母分开。女孩们要到十四岁、男孩们到十七岁才能与父母重聚。大量的孩子被送到由修士修女们管理的宗教机构去。有些孩子不可避免地没能再回到世俗生活中来。难道那时候的人们的感情和忠诚是那般不同，以至父母们将自己的子女交出去而无怨无悔？与现代相比，他们投在孩子身上的感情太少？他们有没有情感创伤？他们会做噩梦吗？许多人活不下来。麻风病很流行。甚至普通感冒或小伤口感染腐烂都会致命。玛莎想在当代这种宗教禁闭是如何维系的。年轻男子被关在神学院里。姑娘们只要有一点轻微过错便被送往玛德莲洗衣房，不负责任地被定性为坏女人。关于幸福唯一真正的许诺便是指望来生。也许修士们不会像我们现代人所相信的那样，从生活压力下逃跑，从压迫下寻求庇护，或寻找和平。他们唯一的目的就是看到基督的脸。他们渴望死亡，然而死亡不由他们掌控，只有在上帝高兴之时才会赐予，他们无法选择死亡的时刻。主动寻求是对上帝的亵渎。得到净化，配得上天堂上的团聚，才是他们最大的愿望。

浓雾开始消散了，远处她看到小斯凯利格参差的轮廓。她冒着细雨来到这儿，但是，慢慢地天空明朗起来，纤弱的蕨和生长在罅隙中的花儿都看得见了。岩石绿得惊人。一丛丛海石竹、剪秋罗，各种粉色、白色的高地花卉。她满以为这儿会很荒凉。沿着蜜蜂养殖场后面的狭窄小路继续往上去到小教堂，巨大而残败的石头十字架上爬满了苔藓。这儿，在那些漫长而冰冷的夜晚，修士们聚集在一起，颂唱《圣经》中的《诗篇》等待黎明。复活与再临的双重象征。全是在深夜，整个世界沉睡之时，充满罪恶之时，他们一直守夜，奉行各种仪式：晨祷、初祷、午前祷、午祷、午后祷、晚祷、夜祷。夜里，午夜过后的几个小时里，他们以十字架的形状匍匐在冰凉潮湿的石头上。他们相信在这与世隔绝的生活中心只有极度虚空。仅在自我最后毁灭之时，他们才会以神圣形象再生。尽管物质精神都极度艰苦，除了信仰和对上帝盲目的信任以外，并无法保证心灵上能否求得圆满。

在僧侣们来到这儿后的几个世纪里，灯塔看守人跟着来了。十九世纪，这儿建了两座灯塔。不过稍高一点的那座灯塔由于建得太远，海上的船只在浓雾中看不到，没多久便弃置不用。一些年前，矮的那座灯塔总算成了自动灯塔，不再需要有人长年驻守在岩石之上。灯塔看守人和他们的家庭是大斯凯利格岛上的最后一批居民。现在海鹦和臭鸥跟野兔共享这地方。曾经有段时间，这地方最多有四户家庭住在这里，轮流上班。灯塔看守人这份工作父子世代相传。许多看守人都是新教徒。有几个人名字还以O开头。大约有三十个孩子诞生在这块岩石之上，从大陆派来一名教师教育他们。这儿的生活准是异常艰辛。暴雨和没完没了的狂风，一年四季总是潮湿冰凉，人们对于疾病的蹂躏不堪一击。玛莎走过小墓地。一堆被风吹袭的墓碑立在一块平放的石碑周围。

献给帕特里克·考拉汉，他于1895年12月3日离开人世，年仅2岁9个月，也献给他亲爱的兄弟威廉，他于1899年3月17日离开人世，年仅4岁9个月。愿他们安息。

玛莎想象着由于白喉或百日咳先失去一个孩子然后又失去一个。上次，在派迪出院后，她去看望派迪时，下山中途停了一下，她走进高地里，探寻一片半隐藏在草丛中的小石头地。玛莎在书上看到过，这是*Ceallúnaigh*，是孩子的坟场。在中世纪，婴儿和小孩要与其他人分开单独埋葬，因为教会拒绝让未受施洗的婴儿们在神圣的地下长眠。当玛莎跌跌撞撞走过泥沼和芦苇丛时，她发现根据低矮的石板可以辨认出一座座坟墓，石板上没有任何装饰或刻痕。在孩子死去的当晚，家中的男人扛着用粗麻布卷起来要弃置的尸体，将他们草草埋葬在这孤独的湿地下。没有任何仪式。死去的孩子没有人会为之哀悼或守灵。不过会在他们的身边放上一只有花纹的陶瓷碗或一只瓷碟。埋葬完毕后，没人会再提起发生过的事，在没有月亮的雨夜里，男人们沉默着大步走上山回家去。

大部分生命都消失被人遗忘了，不是吗？建筑家留下他的建筑，作曲家留下他的音乐。诗人留下几册薄薄的诗集，在某个图书馆，在无人触及的地方落满灰尘。但是对于大多数人而言，有什么呢？相册里泛黄的照片、游泳证书或奖杯、某本喜爱的书页中夹着的一枝干枯的薰衣草。如果我们幸运的话，能在某人心中占有一点位置。她记得电视里放过的一个关于野生动物的节目。一头大象哀悼它的小象掉进了插满毒镖的偷猎者陷阱里，除了骨骼外不剩什么了。一堆骨头被豺和秃鹫吃得干干净净。大象妈妈围着遗骸慢慢转圈，一圈又一圈，它的长鼻子温柔地在骨骼上方扫过，仿佛要将子女最后的味道吸进去。

活得好便是关注生活的每时每刻。此地，当下。在这狂风肆虐的大西洋上针尖般的岩石上，玛莎倾听着三趾鸥的叫声、下面拍打岩石的波涛声。

失望源于所得非所欲，不是吗？企图改变无法改变的。在这遥远的岩石之上，高耸入云的天边，边界消失了。她感觉到世界在呼吸。潮水在她体内回响。进，出，进，出……是谁说的：每个故事都有开头，有发展，有结局，只是没必要按顺序来。

妈，星星晚上去哪儿了？

哪儿也没去，亲爱的，它们一直在那儿，只是天太亮了，我们看不到它们而已。

4

她一直等到周围没人了，才打开背包。当然那些埋葬于此的孩子们的父母不会介意的，他们能理解她，她要让她的孩子跟这些孩子一起长眠于此。对布鲁诺而言，长眠于此神圣的岛上，有其他孩子、海鹦和海鸥的陪伴，还有什么地方会比这儿更好、更能令他兴奋愉快呢？

她将从布兰登书桌上拿来的相片放在平整的石头上。相片装在一个塑料袋里，再用大石头将袋子压住，这样就不容易被风吹走，她想起犹太人的风俗，将石头放在坟头意味着哀悼。然后，她闭上眼，她呼吸着带盐味的海风，让这荒野的寂静沉入她内心深处。

好了。完成了。她实现了自己的承诺。今天是一年中最长的一天。她开始顺着台阶慢慢往下走，非常困难，来到防波堤边等候的渡船的时候，她是最后一个到的。她一上船，引擎便突突响起，船向大海驶去。她转过身最后再看一眼那奇怪的岩石，只见太阳穿破厚厚的云层，在古老的天空涂上一道银色痕迹。

译后记

2018年春天，我应译林出版社之邀，着手翻译《活在鱼缸里的她》（书名直译为《雨歌》）。那时候，对我来说，苏·哈伯德还是一个陌生的名字，我便在网上搜索有关这本书、这位作者的信息。原来，苏·哈伯德是英国艺术评论家、诗人兼作家，除了艺术评论时常见诸报纸杂志外，她已出版三本诗歌集、三本长篇小说和一部短篇小说集。

这是一本充满艺术气息、诗歌般优美的小说，是哈伯德2018年的新作，亦是她的第三本小说。哈伯德自己说，当她第一次见到爱尔兰西海岸的那一刻，她的心漏跳了一拍，她立即爱上了那片土地。此后，她多次去爱尔兰，对爱尔兰日渐熟悉，荒凉的岩石、海滩、风雨中的田野沼泽，那个地方及那里的人们，一些故事、若干乐曲，慢慢沉入她的心中。那片美丽的土地，仿佛隔绝在当前这个后现代的世界之外，在这里，人的身体和灵魂都舒缓起来。作为一名作家，她怀着尊敬与不安之情，开始构思、创作这本小说。爱尔兰有太多优秀作家，哈伯德不愿自己的小说变成伪爱尔兰小说，她希望这本书是一个外人、一个英国女人写给爱尔兰这片土地的一封情书。

小说出版后，评论界一致好评。《卫报》称其为关于失落与告别的哀歌。《爱尔兰时报》说哈伯德对爱尔兰自然景观的描述准确、美好而动人。《伦敦杂志》称小说具有“独特而美丽的情感特质，其精致的文体散发出耀眼的光芒”。《犹太纪事》称赞这部小说是“对爱、失落和为人父母的细微、动人的探索”。哈伯德本人也说这本小说反映了她永恒不变的主题：爱、失落和救赎。

而我读来，只觉得这是一本关于孤独的书，书中的人物，或因环境所致，或出于自己的选择，无不孤独。玛莎·卡西迪，失去了儿子和丈夫，这双重失落令她身份缺失，她不再是母亲，不再是妻子。她背负着过去的沉重负担来到爱尔兰，整理新近去世的丈夫的笔记、书信和日记，重新认识丈夫、解读婚姻、理解自己。离婚两次的商人尤金、一直单身的农夫派迪，都不愿跟女人走得太近，科尔姆还茫茫然不知何去何从。而小说中的那些大家庭、少儿时期的友谊，只存在于回忆之中，存在于遥远的过去。只有孤独一直在叙述中回响；相反，不管何时，哈伯德笔下的人物走入社交场景，如尤金的新年晚会、布兰登的葬礼，或本地的小酒馆、集市，那些场景全都混乱无序，那些人个个局促糟糕。

小说除了现实生活中的四位人物之外，另有一条暗线，即中世纪远赴斯凯利格岛苦修的修士们。爱尔兰人的灵魂里到底有什么东西，修士们为什么要去到斯凯利格那寸草不生的岩石上寻找那种极致的孤独。他们在逃避什么魔鬼？他们逃避亲密，是不是因为爱太脆弱易受伤害？玛莎想人与人之间是何等晦暗不明。在我们的黑暗时刻，彼此之间能提供的安慰又是何等之少，别人无法回应我们内心最深处的需要。她与丈夫不正是因为对方无法安慰自己的丧子之痛而产生隔膜，越走越远的吗？慢慢地，她逐渐懂得布兰登在暴风雨中寻找港湾的需求。她理解修士们认为灵魂比身体更重要，他们否认物质上的需求是为了令自己更圣洁，更接近上帝。她慢慢地懂得，孤独，像水晶、像冰，自有其纯净之处，她学会独处。斯凯利格那块巨石屹立在海上，是许多世纪之前苦修僧侣们的路标，也是玛莎的路标，修士们的旅程就是玛莎自我救赎旅程的真实写照。每个人的心灵之旅，说到底都是孤独的，你陷落、迷失在过去，没人听得到你撕心裂肺的呼喊，只能靠自己摸索，抓住那根通往未来的绳索，奋力挣脱黑暗。哈伯德通过这本小说向我们展示真正的孤独意味着什么。

小说开篇的三句引言，分别来自弗吉尼亚·伍尔夫的小说《到灯塔去》、莎士比亚的《冬天的故事》和爱尔兰谚语，这三条引言正是爱与失去的沉思与哀歌，在整本书中交织回响。从读到它们的那一刻起，它们也一直萦绕在我的脑海。与伍尔夫的《到灯塔去》一样，灯塔、没能履行但终将信守的诺言，是整部小说的核心隐喻，哈伯德引用了《到灯塔去》中的一句话，甚至将它写进自己的小说里。孩子是永远的孩子，留在过去；诺言是永远的诺言，以待实现。虚空，也不过只是个理由。在这个故事里，我感受到这些话语后面隐藏的痛苦与悲哀。然而，哈伯德没有止步于孤独与伤感，在美丽如画的爱尔兰西海岸，在偏僻的小村里，痛苦与悲哀得到了疏解，玛莎不但理解原谅了丈夫，厘清了自己今后的人生之路，更是敞开心扉，与儿子的替身、诗人兼音乐家科尔姆发展了一段忘年情谊；科尔姆开始追寻自己的梦想；派迪最终与妹妹生活在一起，保持了自己的生活方式也保住了爱尔兰古老文化。所以，这本小说不仅仅是失落与孤独的故事，更是一个关于放手、疗伤和救赎的故事。

爱尔兰西海岸的景色是这本小说不可忽视的中心，就像约克郡的沼泽地区在艾米莉·勃朗特的《呼啸山庄》中的作用一样，它成为一种隐喻，是失去、渴望和欲望的隐喻。哈伯德是作家更是诗人，这种小说语言优美，不以情节取胜，而以文字见长。哈伯德写玛莎失去爱子时的痛苦，细腻真实，感人至深。透过她的文字，我们看到了冬天的爱尔兰、凯里地区那荒凉的景致、被雨水浸透的乡村田野，大西洋狂风巨浪掀起的海水似乎溅到我们身上。“雨歌”，是爱尔兰之歌。这部小说，是对逐渐消失的旧时光的一支赞歌。

由于译者水平有限，译文虽经多次检查，勉求忠实，不过，是否能完全呈现哈伯德充满诗人气质的优美文字，心中实在忐忑。这是一本安静、沉思的小书。如果有一天，读者在书店的某个角落、某个书架上与它邂逅，带它回家，阅读它，那译者耗费的时日，也就得到了回报。

陈新宇

2019年12月26日于多伦多